益田ミリ
masuda miri

# ピンクレディー世代の女のコたちへ

いそっぷ社

CONTENTS

# 1 小学校編

テレビで見てた「キャンディ・キャンディ」
キャンディの恋がいつもすれちがいで
ハラハラ(イライラ)していた
も〜
も〜
はー
キャンディ・キャンディのアイスがあって、イチゴジャムが入ってておいしかった
キャンディキャンディ
ジャム(上の方だけ)
ミルク

「魅せられて」がはやったとき、
教室のカーテンで男子が真似してた
ジュディオング
ほらほら
すっごいおもしろいと思った
アハハハハ

## 2 中学校編

放送部の男の子が
イソップ（スクールウォーズ）の声に
似ていて ウケていた

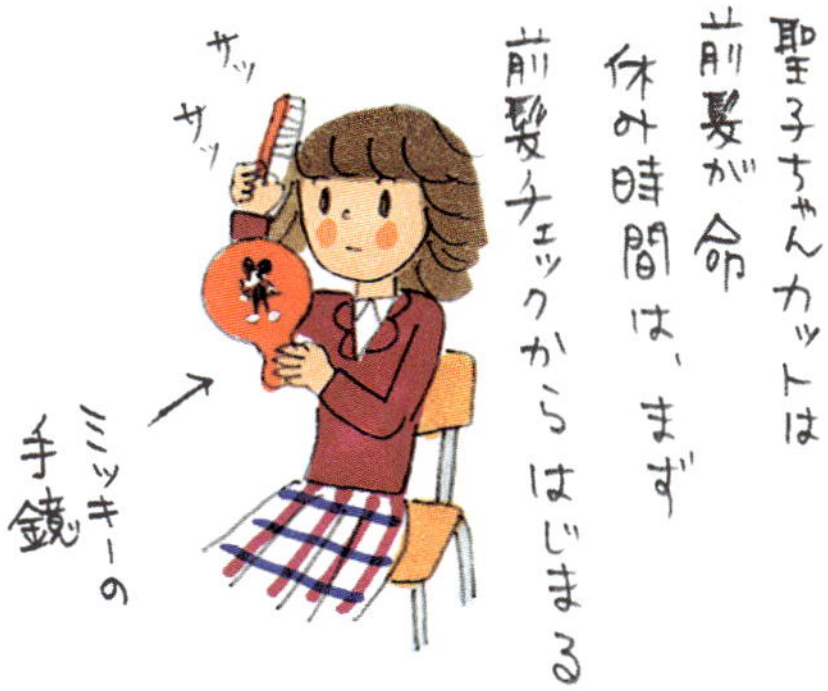
聖子ちゃんカットは
前髪が命
休み時間は、まず
前髪チェックからはじまる
サッ
サッ
ミッキーの手鏡

## 3 高校編

ブックデザイン……こやまたかこ

# 1

# 小学校編

小1
入学式
さあ 起きなさい 今日は入学式でしょー
入学式 行きたくないー
もー
今日から一年生 なんだから わがままいわないの
しょんぼり
全部食べたの? えらいねー じゃ歯みがいてきなさい
お母さん 入学式ヤダー
モー まだそんなこと いってんの
ほら これ着たら 絶対かわいいよ
ねっ
その服が イヤなのっ
もー
なんでー

なにがイヤなの!? お母さん、ダイエーで新しいの買ってきたのよ
イヤだからイヤなのっ あたし、いつもの服の方がいいの!!
そんなわがままいってると学校行ってもお友達できないよ!!
早くしないと遅れちゃうでしょ
ほれ
うっ
うっ
うっ
もーー
ヤダー
うっ
うっ
すごく似合ってるよ セーラー服みたいでかわいいでしょー
なんでセーラー服がイヤなの!!
それがイヤなの!!
もー
うっ
中学生にまちがえられるよー
うっ
うっ

# ステキな先生

小学校の入学式が終わり、はじめて自分の教室に連れていかれた時のあのドキドキ感。はじめて入る教室の、はじめて座る自分の席。机には名前の書かれた紙が貼られており、わたしは母に指示されて「ますだ」の席に膝をしっかりくっつけて座った。うしろの方には母親軍団が見張っているので、さらにドキドキだ。

前に立っている男の人が先生だということはわかっていた。

先生はなんにもいわず、全員が席につくまでニコニコ笑っているだけだ。

そしてみんながそろったところで、先生は自己紹介より先にデカい声でこういったのだった。

「1たす1がわかる人ーっ？」

突然の質問にもかかわらず「はーい、はーい」とわれ先に手をあげる新一年生たち。もちろんわたしも「はーい、はーい」に参加である。先生は、

「じゃあ、みんなでいおうか」

といって、わたしたちは「2!!」と叫んだのだ。

この時の光景と、そして自分の気持ちをわたしは今でもよーく覚えている。

先生、わたしの声、聞いてー!!

わたしは心からそう思ったのだ。なんでこんなことを強烈に覚えているんだろう。

担任はノヨリ先生というまだ若い男の先生だった。ノヨリ先生は、その後わたしが高校生を終えるまでに出会った教師の中で一番ステキな人だった。

たとえば図工の時間のこと。持っている絵の具の中で三色だけ使って丸と三角とバツを書く、という授業があった。

わたしは「三色」というのをすっかり聞きそびれていて、持っている絵の具「十二色」全部を使ってしまった。周囲の子に「間違ってるー」と指摘され、半泣きになっていたわたし。でもノヨリ先生は「きれいな色やなぁ」といってくれた。

早い者順で何かのくじ引きをした時、出遅れて一番最後に並んだわたしをノヨリ先生はみんなの前でほめてくれた。

「人を押しのけなかった益田はえらかった」

あの時のわたしは、ただグズだっただけなのに。

ノヨリ先生、ホントにうれしかったです。

小1
ひらがなの勉強
ひらがなも「わ」まで終わったね みんながんばったなー
わ
ハーーーイ
ひらがなの最後の字がわかる人？
ハーイ
んでーす
はい 正解
じゃ宿題は「ん」がつくものをノートに書いてくること
えー「ん」のつくものなんかわかんない
ハー
ん？、
ん？

「うんこ」しかないよな
うんこうんこ
そっか!!
あら勉強?えらいねー
うんっ
じゃ宿題、一人ずつ前に見せに来てー
ハーイ
女子で「うんこ」って書いてるやついるかなー
ビクッ
お前なに?
「きりん」
そっか「きりん」か!!
宿題やってきてえらいぞー
ハイ
よくできたなー合格!!
ハイ

# カタヌキのおじさん

学校以外にも子供が「勉強する」場所はたくさんあった。たとえば、駄菓子屋さんだ。

駄菓子屋さんには現実の世界があった。いつもお金をたくさん持っている子、お金のない子、お菓子のくじ引きで当たる子、当たらない子、お金を借りる子、お菓子を分けてもらう子。

そこでは、不公平という大人ワールドがすでに繰り広げられていた。

さて、リヤカーを押したおじさんが売りにくる「カタヌキ」というお菓子があった。

おじさんは鐘を鳴らしながらどこからともなく現れる。全体的に灰色とか茶色のくすんだ色の服で、なんていうか、あんまりお金持ちの大人には見えなかったが、その怪しい感じが刺激的だった。そういえば、おじさんのカタヌキ菓子を買うのを親に禁止されている子もいたっけ。

わたしはカタヌキのおじさんの鐘が聞こえると、大喜びで公園に向かった。カタヌキは一枚十円だったので、お母さんに百円もらえば一時間は遊べるのだ。

カタヌキは乾燥したうどんをつなぎあわせたみたいな味のない菓子で、いろんな絵がカタ押しされている。それを上手に抜き取ると景品がもらえるのである。その絵柄の難易度によって景品の額も違った。おじさんのリヤカーには仮面ライダーや人形などいろいろなもんがぶらさがっていたが、わたしの知るかぎりそういう立派な景品をゲットした子供はいなかった。たいていは、景品「アメ一個」という簡単な絵柄じゃないと成功しないようになっていたのだ。小心者のわたしはいつも簡単なカタヌキを買って、確実にアメをもらう戦法をとっていた。

ところがある日、なかよしの友達が難易度の高いカタヌキに成功したのである。

ついに立派な景品を手に入れるのか。わたしはワクワクしながら友達がカタヌキをおじさんに提出するのを見守っていた。おじさんは友達のカタヌキを隅から隅までチェックしている。一か所でもカケていると失格だからだ。するとおじさんは、

「あー、惜しい。ここちょっとカケとるわ。惜しかったなー」

そういってカタヌキを返してきた。見るとホントにすこーしカケていた。

わたしと友達は無言でその場を立ち去った。そしてしばらく歩いたところで、わたしたちはどちらからともなくこういったのだった。

「オッチャン、折ったなぁ」

そう、おじさんはわたしたちにわからないように、完成したカタヌキにちょこっと傷をつけたのだ。しかしわたしたちはあんまり怒っていなかった。オッチャンにもいろいろ事情があるということをなんとなくわかっていたからである。これこそ、大人になるための生きた教室だったのかもしれない。

小2
おうちに帰れない
どんぐりいっぱいとれたね
うん
何個あるか数えてみよっか
うん
あ、オシッコしたいかも…
大きい順に並べよ!!
うん
オシッコ、オシッコ
ほら見て!! これ帽子ついてる
ほんと
もう少しガマンできるかも…
あっ ちょっとでちゃった
あ―― あ〜〜あ いっぱいでちゃった
そろそろうちに帰ろっか
立ったらバレるよ!!

あ、あたし
もう少し
ここにいるよ
じゃあ
あたしも
いいから先に帰って
あたし休憩して帰るし…
ハハハ
わかった
じゃ
またね
バイバーイ
よかった
バレなくて…
ホッ
あらミリちゃん
ひとりで何してんの？
おばちゃん
ビクッ
もうすぐ暗くなる
から、おばちゃんと
一緒に帰ろ！
あ、あたし
あと一分したら
帰るから!!
早く
帰んな
さいよー
うん

# 遠足のバス酔い対策

バスで行く遠足が憂鬱《ゆううつ》だった。車酔いしやすかったわたしは毎回「電車タイプ」の遠足を希望していたが、なかなかそうはいかなかった。

「酔うって思うから酔うんや」

根性論のアドバイスをしてくれる友達もいたが、「酔わない」といい聞かせていること自体が意識しているわけだから、無理なのである。

さて、バスといえばやはり重要なのは座席である。盛り上がらない席になってしまうと遠足の楽しさも半減する。何度もいうが、酔いやすい子供にとっては生死（ゲロ）にかかわる問題だ。ホームルームの座席決めはもはや命がけである。

ここで落とし穴なのは「わたしは絶対に酔う」と宣言してしまうことだ。なぜなら、そういう子は一番前の先生の隣りに座らされるに決まっているからだ。この席になってしまうと、絶対に楽しい時間は過ごせない。先生とは年の差がありすぎて話題も途切れがちだ。しかもすでに吐くことを想定した席なので、楽しい必要もない席なのである。

先生の隣りだけは嫌だけど、万が一つまらない子の隣りに座って結局吐くんだったら、最初から先生の隣りで酔っといたほうがダメージが少ないかも……。自分の身を案じて迷っていた小さなわたし。そんなある時、先生が、

「バスに酔う子を楽しませてあげられるような席順にしよう」

と提案したのである。

先生!! わたし、そういうの待ってたんだよ!!

先生の提案内容は簡単だった。「自分は面白い話をするのが得意だ」と名乗りでた子たちの近くに、酔う子を集めて座らせる、というものだ。もちろん面白い話ができる子は、酔わないというのが前提である。というわけで、わたしを含むバス酔い生徒はバスの前方に集合。面白いクラスメートの面白い話で盛り上がることになったのだ。

だが、それは失敗だった。面白い話などというものはド素人には所詮無理なのだ。物まね、替え歌などが終了すればそれまでである。なんとか盛り上げようと彼らもがんばってくれたが、「なぞなぞ」あたりからかなり危険な雰囲気になっていた。静かに考える行為は酔いを加速させる。そして極め付けは、誰かがはじめた「怖い話」だ。笑わせるという本来の目的をすでにすっかり忘れてしまっている。だいたい怖い話は前置きが長いので、普通の話より退屈なのだ。というわけで、わたしの隣りに座っていた女の子はしっかり吐いた。かろうじてわたしは我慢できたが、バス酔いには「寝る」以外の作戦はきかないことがわかったのであった。

ピンク・レディーごっこ
小3
あっ
なに？
も〜〜〜 せっかく今 ピンク・レディーの振りつけ テレビで見てたのに お母さんが前通るからー
もー
一番 見たかった とこ 見れなかった よー
1. ミーちゃん
2 ふたりで てをあげて
3 そして
ごめんごめん ねー ちょっと今日子と 遊んでやってよ
お母さん 用事できない から…
今日子、 ピンク・レディーごっこ する？
うんっ
泣かないって約束 する？ 今日子 すぐ泣くんだもん
泣かない!!
じゃ あたしが ミーちゃんね
ヤダー 今日子が ミーちゃん!!

じゃ遊んであーげない
今日子、ケイちゃんでいい〜〜〜
プイッ
じゃまず最初はこうね
うん
次はこう
こうっ
ちーがーうこっちの手だけあげるの!!
も〜〜〜足も一緒にあげるの!!
泣くんだったらもう遊ばなーい
まってまってまって
ほらー
ヤダー
じゃがんばる?
うん

# 狼と七匹の子ヤギごっこ

「狼と七匹の子ヤギ」という外国の童話があった。物語はこんな感じだ。お留守番を頼まれた七匹の子ヤギたちが、お母さんヤギから「絶対に知らない人を家にいれてはいけませんよ」といわれる。しかし、悪い狼に騙《だま》されてドアを開けてしまう。で、みんな食べられるのだが、一番小さいヤギだけが置き時計の中に隠れて助かるのだ。たぶん、その後は赤ずきんちゃんのように狼が腹を切られてめでたしめでたし、という具合だったように思う。

さて「狼と七匹の子ヤギごっこ」というのは、物語にそってみんなが自分の役を演じる遊びである。放課後、仲良しグループが誰かの家に集合し、じゃんけんで役を取り合った。しかし当時、番長のような女の子がいて、狼に食べられない子ヤギの役は絶対その子に決まっていた。しかし残っているのは、食べられるヤギ、お母さんヤギ、そして狼の役のみである。そして食べられるのはわかっていても、みんな子ヤギの役をやりたがった。お母さんヤギは出番が少ないからである。悪役の狼を進んでやる子供がいるわけもなく、結局じゃんけんに負けた子がイヤイヤ狼を演じることになっていた。最初のうちはこれでうまくいっていた。しかし、ある時じゃんけんに負けた子が「狼の役はイヤ」と泣き出したのである。そこでわたしたちは考えた。毎回狼役をやってくれる子を探そうと。子供とは素直に残酷なことを考えるものだ。

カエちゃんはクラスの中でちょっと浮いていた。ちょっと浮いていたのは、ちょっと貧乏だったからだと思う。ちょっと給食費が遅れがちだったし、洋服もちょっと汚れていた。

「カエちゃんに狼やってもらおうよ」

誰かの一言で、翌日からカエちゃんはわたしたちの仲間として急に呼ばれることになる。そして与えられた狼役を文句もいわず、それどころかみんなが望む怖い狼を立派に演じていた。カエちゃんなりに呼んでもらえてうれしかったのだろう。カエちゃん……。番長だった女の子の家に行くとお菓子がたくさん出た。わざとカエちゃんのお菓子の量を少なくする番長のことが、みんな本当は大嫌いだったんだけど、怖くて何も出来なかった。狼よりやっぱり子ヤギ役がよかったのだ。やがてその遊びにも飽きがきて、わたしたちは再びカエちゃんと遊ばなくなった。クラス替えもあり、「狼と七匹の子ヤギごっこ」をした仲間もバラバラになった。

その後のことを報告しよう。女番長だった子は中学生になると急にパワーダウンし、真面目な子になった。わたしは昔のことを覚えている質なので、大きくなっても二度と交流はなかった。そして、狼役をやったカエちゃんはヤンキーになった。ヤンキーはヤンキーでも、人と群れない孤高のヤンキーだった。まさしく一匹狼である。カエちゃんとも交流はなかったが、わたしはカエちゃんをちょっと格好いいと思っていた。

お姉ちゃん ①
小3
ミリ たかちゃんたちが 遊びましょうって
ハーーイ
サッ
ねえ 今日子も一緒に 遊んでやって くれない？
ヤダー だって今日子 まだ 小さいんだもん
ごめん ねー
いいよー
なに する？
色オニ は？
いいよー
じゃんけん
ポンッ

さっちゃんのオニだー
わー
じゃー赤っ
わー
赤っ
わー
キャー
まてー
チラッ
今日子だ……
あっ
ミリちゃんでーんっ
アハハハ
も〜〜今日子、家にいればいいのに〜〜
もー

お姉ちゃん②
小3
チラッ
ハー
あのさー今日子も入れてやっていい？
いいよー
今日子、入れてあげてもいいけど、泣いちゃダメだよ
うんっ
今日子小さいから「ごまめ」にしてやって
いいよー
オニが「赤」っていったら赤いとこさわるんだよ
うんっ
青っ
わー
キャー
でーん
キャー

でーん
わー
ドテッ
あーん
あーん
あっ
今日子ちゃん
あーん
あーん
あーん
も〜〜〜
泣かないって
いったでしょー
あーん
あーん
ちょっと
今日子を家に
連れて
帰って
くるね
あとで
ねー
泣かない
の!!
あーん
あーん
チラッ
あーあーん
うっ
うっ
いたい?
大丈夫?
血でちゃったね
おんぶする?

お誕生日会
小3
ゆめ
ミリちゃん明日うちでお誕生日会するから来て!
いいよ
でもさっちゃんは呼ばないからヒミツにしてて
ゆめ
さっちゃん
アハハハ
なんでさっちゃんは呼ばないんだろー
なんかさっちゃんに悪いなー
ファンシーコーナー
次の日
プレゼントなににしようかなー
下敷かわいいー
こんにちは
いらっしゃい
あっミリちゃん
あ
たかちゃんもう来てるよ
ミリちゃん
三人だけ?

お誕生日おめでとー
ありがとう!!
ハイ
ハイ
おめでとー
林さん、他の子のお誕生日会にあんまり呼ばれないから知らないんだろうなー
食べよ
あっ この下敷200円でしょ?
くまちゃんは250円だよね? ありがとー
今日、さっちゃんも呼ぼうと思ったんだけどね
おまたせー
あらー プレゼント? よかったねー
うん
さっちゃんちビンボーだし、プレゼントもらうの悪いと思って……
うわー これじゃ晩ごはんだよー お菓子とかでいいのに…
うわー

# まさに社交レッスン

女の子のお誕生日会は、大人の女になる重要な社交レッスンといえる。

誰を呼ぶか、呼ばない子へのフォロー、その日に食べるもの、何をして遊ぶか、プレゼントのお返しは何がいいか。

自分で決めるものもあれば、母親が決めるものもある。

しかし、どちらにしても「わたしのお誕生日会」に変わりはなく、その晴れの日が近づくにつれてウキウキしたもんだ。

小学校四年のわたしのお誕生日会は、六人ほどの女の子を家に呼んだ。選び方は忘れたけど、たぶんいろいろな考えで決めたのだろう。「団地」という自分の家のサイズも考慮した人数だったはずだ。

母はサンドイッチを作ってくれた。サンドイッチひとつひとつをサランラップで包み、お花のシールを貼ってリボンで結んでくれた。母も娘のためにがんばってくれていたのだろう。お誕生日会の次の日、学校から帰ると母は「みんななんかいってた?」と決まって聞いた。友達は「サンドイッチがかわいかった」とほめていたが、わたしはがんばってくれた母のために、

「サンドイッチかわいかったって。あと、お母さんきれいってゆうてたで」

とサービス。まさに社交レッスンである。

さて、話をお誕生日会にもどそう。

招いた子が全員そろうと、まずはバターケーキにロウソクを立て「ハッピーバースデー」を歌う。その後にプレゼントが手渡される。ここで注意するのは、プレゼントを包んであった包装紙だ。これは絶対にやぶってはいけない。プレゼントの包装紙を大事に大事に開け、その包装紙をキレイにたたむことも、プレゼントをもらった子への礼儀なのだ。

もらってうれしいプレゼントは、やはりサンリオキャラクターの文房具やポーチなどだ。反対にあんまりいらなかったのは手作りのプレゼントである。

なんてことを書くと叱《しか》られそうだが、事実だから仕方がない。小三レベルが作る手作りの人形など可愛いもんではない。その時は一応うれしがるが、あっというまに妹との「物々交換」用の対象商品となる。

さて、ケーキやサンドイッチなどを食べ終えた後は、みんなで外に遊びに行く。そして適当に遊んで荷物を取りに家に戻ると、プレゼントのお返しだ。ハンカチとか鉛筆などをわたしがみんなに配って終了。こうしてわたしは大人の女に成長してきたが、立派な女になれたかどうかは疑問である。

プールは大嫌い
小3
プール
やだなー
ハー
泳ぐの
苦手…
ハー
わー
プールに入る前の
シャワーも大嫌い
うー
つめたー
うー
消毒も
大嫌い
ハー
プールにいる
変な虫も大嫌い
入る前に
水かけるのも大嫌い
ざぶっ
最初の自由時間は
ちょっと好き
わー
キャッ

今日はプールで碁石拾いをやりまーす
ズルして足の指で碁石を拾う自分も大嫌い
プールに沈んでる碁石をもぐって取るんだよー
ハーイ!!
顔がぬれてないとバレるからちょっと水につける自分も大嫌い
よーい はじめ!!
プールが終わって砂のとこ歩いて足にいっぱい砂がつくのも大嫌い
水に顔つけるのも大嫌い
目を洗ってるふりするのも（目あけるの怖い）大嫌い!!

# 夏休みの宿題

心の底から勉強が嫌いだったわたし。勉強が嫌いということは宿題も嫌いなわけで、宿題が山盛りになる夏休みも、手放しでは喜べなかった。

今年こそ七月中に宿題を終え、八月はまるまる遊ぼう。こんなことを考えていた人はたくさんいたと思う。もちろんわたしもそのひとりだ。それを実行するために終業式を終えて家に帰ると、すぐに宿題を始めたものだ。

「宿題より昼ごはん食べなさい！」

あわただしく宿題を開始するわたしを、母が後ろからたしなめる。

「夏休みの宿題は、毎日ちょっとずつやるほうがええんよ」

母の意見は正しい。夏休みといえども規則正しい生活をさせなければ、という考えだろう。

しかしアホな子供の親はやっぱりアホである。

毎年繰り返すこの光景……。よーく考えればわかるはずだ。自慢じゃないが、わたしが早めに宿題を終えたことなど一回もないではないか。

毎年、図工や自由研究など「正解」がユルい宿題はとっとと済ませるが、算数や国語などの

「正解」に厳しい宿題は後回しになっていく。当然、八月三十一日は大忙しである。

まず算数のドリルだ。これは先生に教えてもらった通りに解かなければならないので、自分でやるしかない。しかし漢字の書き取りなどは、仕上がりまでの過程が誰にもわからない。そこで母の出番である。

まずは漢字練習帳の一番上に、わたしが見本で漢字を書いてみせる。それを母がそっくりに書き写すのだ。だいたい一つの漢字を二十個くらいは書かなければならないので、母も大変である。

最初のうちはわたしの見本通りに書けているが、途中からついつい自分のクセが出て大人の字になってくる。

「もうっお母さん!! 字違う」

書いてもらっていることを棚にあげ、文句をいうわたし。しかし母は

「あら、ほんまや。書き直そか?」

などとわたしの指示を仰ぐ始末である。

こんなふうに、毎年毎年、ジャポニカ学習帳に漢字を書き続けてくれていた母に、この場をかりて礼をいいたい。ありがとう。あなたの娘は大人になってから漢字の読み書きができずによく恥をかいてます。

大人になったら
小3
大人になったら
やってみたいことが
ある
自分のオッパイを
さわってみたい
お酒を飲んで
みたい
グビ
グビ
好きな物だけ
食べたい
ズルー
子供の欲しい物は
なんでも買ってあげたい
チョコクリームで
歯みがきしてみたい
チョコ
新聞を
読んでみたい
ふん
ふん

夜九時過ぎても起きていたい
若いお母さんになりたい
本物のネックレスをしてみたい
でもお化粧はしたくない
カーラーを巻いて寝てみたい
吊り皮を持ってみたい
で、けんすいをしてみたい
それから絶対チューしてみたい
子供は知らなくていいのっていわない大人になってみたい

# ヒヨコの思い出

下校中の小学生たちを大喜びさせたもの。それは物売りのおじさんたちである。彼らはそう頻繁には姿を見せず、忘れた頃にふと現れた。店は正門前などではなく小学校の塀《へい》を曲がったあたりに開かれる。その日陰《ひかげ》な雰囲気がさらにわたしたちの心を刺激していたような気がする。

おじさんたちは、いろんなもんを売りにきていた。おじさんたちといっても、ひょっとしたら本当はひとりのおじさんが売りものを変えてやって来ていたのかもしれない。

おじさんはカメとか、カブト虫とか、ウズラのヒナとか、ウサギとか、手品道具とか、子供たちが喜びそうなもんを心得ていた。

中でももっとも人気があったのは、やはりヒヨコだろう。ピヨピヨピヨと小さい泣き声のかわいいヒヨコ。箱の中に三十羽くらい入れられていて、わたしはこれが欲しくて欲しくてたまらなかった。

しかし、団地住まいの我が家でヒヨコなど飼えるわけもない。ヒヨコはすぐに成長し、ニワトリになってしまう。コケコッコーなどと鳴かれては近所にも迷惑だ。わたしは臆病で、向こう見ずなことができない子供だったので、

「ヒヨコ飼ってー」

などと母にねだったことすらなかった。

だが三歳下の妹は違った。わたしの妹は突拍子がなくて後先考えないタイプだったので、誰の許可もないままおじさんのヒヨコを購入していた。案の定「すぐ大きくなるんよ！」と母に叱られていたが、もはや買ったもん勝ちである。

妹はそのヒヨコを「ゆうじ」と命名し、飼う気マンマンである。とうとう母も覚悟を決め、「ゆうじ」のためのスペースをベランダに作ってやっていた。父は特になにもしなかったが、ときどき「ゆうじ君、おはよう」などと挨拶《あいさつ》して、益田家唯一の男同士として気があっているようだった。

しかし、「ゆうじ」はその後あっという間に成長し、やがて団地のベランダで鳴くようになる。ついに「ゆうじ」は、にわとりをたくさん飼っている近所の人にもらわれることになり、我が家を去っていったのであった。

妹のこういう無鉄砲な行動は、今でもうちの家族の伝説になっている。わたしはそれが本当はうらやましくてならない。わたしはいつも遠慮ばかりしていた。人がびっくりすることもしなかった。自分の思い出には荒々しさがひとつもない。怒られてもいいからヒヨコくらい買っておけばよかったなと、今でもふとそう思うことがある。

またまたピンク・レディー
小3
今日さ もう少し あたしの 家で 練習 しない？
する!!
こんにちはー
ミリちゃん いらっしゃい
ミリちゃん
弟の帽子使って
うん ありがとう
「サウスポー」は振りつけに時間差があって難しい
おやつどうぞー
ワーイ!!
早く全部踊れるようになりたいよね
ねー
ミーちゃんとケイちゃんはもっともっと練習してるんだろうね

大変
だね
二人とも
えらい
よね
あたしたちも
がんばろ!!
次の日
フーちゃん
今日
お休みだ
ふー
あたしたち、きのう
「サウスポー」
練習したんだ
あたしと
フーちゃんも
練習した
のに…
あーあ
休み時間に
踊りたかったな…
ねー、ミリちゃん
ちょっと一緒に踊る?
やめとく
フーちゃんに
悪いし…
そう
だよね

# はずかしい振りつけ

ピンク・レディーの時代にビデオがあったらどれだけ助かっていたことだろう。

あのハードな振りつけをビデオなしで覚えるのは本当に大変だった。学校の休み時間にみんなで練習しても、家に帰るとすっかり忘れている。なかなか〝通し〟で踊れないのだ。そしてやっと覚えた頃には、ピンク・レディーはすでに新曲を歌っていた。

ピンク・レディーの振りつけで一番好きだったのは「サウスポー」だ。

「サウスポー」は、ミーちゃんとケイちゃんの振りつけが微妙に違う。ふたりの息が合わないと、踊りこなせないのだ。わたしは同じクラスのフーちゃんという女の子の家でいつも特訓をしていたのだが、フーちゃんの家には全身が写る鏡がなかった。仕方がないのでフーちゃんの弟に踊りを見せ、合っているか判断してもらっていた。しかしフーちゃんの弟はいつも適当なことばっかりいうため、結局、フーちゃんと弟のシバキ合いの喧嘩《けんか》に発展。弟が泣いてわたしが家に帰る、というのがひとつのパターンになっていた。

「ウォンテッド」などは、あんまり好きな振りつけではなかった。

窓をふくような手の動きをしながら、昆虫のように左右に移動する踊り。あれはかなりはず

かしかった。さらには
「ウ――――ウォンテッド！」

の時。まさにガチョ――ン。もはやアイドルの域を超えたオヤジダンスだ。できればもう少し可愛い踊りがよかったよなー。

などと、こんな話を高校の友達チーコにＦＡＸしたところ、「そーそーそーそー‼」とすっごい勢いで返信がきた。相当懐かしそうだ。

なんでもチーコは当時、「サウスポー」の衣装を着て市場のカラオケ大会に出たことまであったらしい。ちなみにそのカラオケ大会には審査員として横山ノックが来ていたそうだ。ミラクルな人選はさすが大阪である。

そういえば、学校のお楽しみ会の出し物も、「ピンク・レディーの歌まね」が流行った。ピンク・レディーは女の子だけの出し物ではなかった。男の子たちもスカートを借り口紅などを塗って参加していた。「ＵＦＯ」の歌の部分で「ユッホー」と手のひらを頭の後ろから出す振りつけがあったが、男の子たちはたいていそこを「アッホー」という替え歌にして踊っていた。

絶対「アッホー」と歌うのがわかっているのに笑っていたあの頃。ずいぶんと遠くにきたもんだなーと思う。市場のカラオケ大会に「サウスポー」で出場したチーコも今は双子のお母さんである。

小4
わたし美人？
あら こんにちはー
こんにちはー
こんにちは!!
今日子ちゃんは この前まで赤ちゃんだった のに、大きくなったねー
今日子ちゃんは 目も大きいし、色も白いし、 大きくなったら 絶対に美人になるねー
ミリちゃんも お姉さんらしく なったね
じゃ 失礼します
おじさん 今日子にだけ 美人になるって いった……

わたしは美人にならないの？なんでわかるの？
わたしブス？
ねーねー
なにー
あのさーうちのお母さんがいってたんだけど、子供の頃かわいくない子の方が、大人になると美人になるんだって!!
だからわたし今、ブスでいいんだー
わたしも!!
ホッ
でもさっちゃんは今美人だしー
うん
うん
えーわたしもブスだよー
ひくっ
ひくっ
ごめんさっちゃんもブス、すっごいブス!!
ほんと？
うん

# 身長コンプレックス

167センチのわたしは大きいほうだが、今の時代ではそんなに驚かれる身長ではない。むしろ「いいなー」などといわれることさえある。

そして、そんな時、わたしは歯がゆい気持ちになる。なぜなら子供の頃のわたしは、ずーっと小柄な女の子に憧れていたからだ。

小学生から背が高いほうだったわたしは、クラスのたいていの男の子たちより大きかった。といっても、わたしより背が高い女の子は常にいて、彼女たちは「ジャンボ」とか「キリン」などと男子にからかわれていた。

わたしは、そんな彼女たちが実はどれほど傷ついているかが痛いほどわかっていたが、それでも、自分が一番大きくないことにホッとしていた。

小柄でかわいい女の子はいつの時代でもモテるが、特に男の子が小さい小学校時代は格別だ。ドッヂボールで男子にかばってもらえるのは小柄な女の子ばかり。ボールを当てられる時だって彼女たちは手加減されていた。

しかし、デカいわたしは誰にかばわれることなく、ひとりで戦わざるをえない。しかも飛んでくるのは、めちゃ強いボールオンリーである。

席替えの時はいつも緊張した。

自分の後ろに小さい男子が座ったらどうしよう。

一応彼らにも優しさやプライドがあるのでなんにもいわないだろうが、心の中で
（益田がデカくて前見えへん）

などと思われていたら……。それこそ勉強どころではない。

身体測定では、体重よりも身長を計るのが嫌だった。伸びていく自分の背に泣きたくなった。

いつもちょっと猫背気味だったわたし。

小学生の頃は自分より背が高い男子はクラスに三人くらいしかいなくて、あとはわたしより小さい子ばかり。並ぶのが悪い気がして、少し離れて立っていたあの頃。

そのせいだろうか。

わたしは大人になった今でも、小柄な男の人になんだか弱い。

わたしなんか相手にしてくれないんだろうなーと尻込みしてしまう。

だから小柄な男の人が、背の高い自分を好きになってくれたりすると、浮かれてしまうのだ。

それは自分に自信のない子供時代のわたしが、どこかに残っているからなんだと思う。

小4
背の順
先生 オレ 上原より 背伸びたー
じゃ背の順 代わろっか
ってことは 明日の遠足は…
遠足当日
はい、じゃー 駅まで隣り同士 手をつないでー
木田君が 隣りになった
手なんか つなぐのかよー
ハー
ほんと ヤダねー
木田君、もう背 伸びないでね
↑小指で つなぐ

小4
お楽しみ会
お楽しみ会、次は「ハンカチ落とし」です
うしろ見るなよー
キャー
落とされたー
まてー
いいなー ユカちゃん 木田君に ハンカチ 落とされて…
隣りのわたしに 落としてくれれば いいのに…
でも いいんだー
木田君が 隣りになるから ……
ポッ
セーフ!!

# ハンカチ落としのルール

クラスのお楽しみ会には二種類あった。

ひとつは前々から計画をたてて、グループ別に出し物を考えて披露するタイプだ。

一つの班は席順によって五人ほどに振り分けられていたので、そのメンバーで出し物を考える。そういえば、ドリフのヒゲダンスが流行っている時は、どの班もヒゲダンスばかりだったっけ。

そしてお楽しみ会のもうひとつのタイプは、クラス全員で遊ぶ系だ。先生が突然提案する場合が多かった。ドッヂボールとかイス取りゲームなどで盛り上がる。

その中でも「ハンカチ落とし」は人気があった。

「ハンカチ落とし」にはドラマがある。好きな女の子の後ろにわざとハンカチを置く男の子、あえて置かない男の子。さらに人気者の子は何度もいろんな人にハンカチを落とされて走り回り、とっても忙しそうだった。

わたしはといえば、仲良しグループの女の子に義理でハンカチを落としてもらってようやく出番がきた。もちろんわたしがハンカチを落とす相手も、仲良しグループへの義理ばかりである。あえて意外な人物にハンカチを落とそうもんなら、次回自分にハンカチを落としてもらう可能性が低くなり、とっても危険だからだ。「ハンカチ落とし」で誰にもハンカチを落としてもらえないことほど、悲しいことはない。

しかし、ハンカチを誰にも落とされない子は必ずいた。

何回も落とされて楽しそうな子の陰で、ひたすらハンカチを待っている子。

そんな時の助け舟が先生だ。先生はそういう子をちゃんとチェックしていて、その子たちにハンカチを落としていた。

ちなみに、先生の後ろにハンカチを落とせるのは選ばれた子供だけだ。

それは暗黙のルールとなっていて、わたしのような平凡な子供には先生と接触する権利はなかった。頭のいい子とか、いたずらっ子とか、アホばっかりやっている子など、クラスで目立つ子だけに許された特権だった。わたしも一度でいいから、先生にハンカチを落としてみたかったものだ。

さらにもう一つの憧れは「ハンカチ落とし」に使う「ハンカチ」を提供する人だ。先生がゲームを始める前に「誰かハンカチ貸して」といった時に、手をあげる権利。わたしは持っていなかったけど、確かにその権利を持っている子はいた。子供の社会は今思っても、とても大変だった気がする。

小4
運動会
はーあ 徒競走ヤだなー
ドキドキドキ
なんかみんな速そうに見える
順番でいくとわたし、この子と一緒に走るのかも… なんか速そう……
じー
その横の子も速そう…… 帽子、反対にかぶってるし……
しかもはだしだし…
ビクッ
はだしで走る方が速く走れるのかな
ドキドキ
もう次の次だよ はだしになるなら今しかない

でも今
あわてて
くつをぬぐのは
はずかしいし…
立ってスタートと
座ってスタートと
どっちもいる!!
よーい
はだしは
あきらめよう
うん
わたしは
どっちに
しよう!!
ドキドキ
うわー
もう
次だよ
スッ
となりの子と
同じにしよっと
位置に
ついてー
は——あ
徒競走なんて
大キライ!!
ハー

# 伝説のヒーロー

運動会は個人競技より断然、団体もんが好きだった。そして団体は団体でも、騎馬戦のように個人に責任がかかってくる種目より、玉入れとか綱引きなど個人の力量がバレない種目が大好きだった。要するにわたしは気の弱い子供だったのである。

運動会は、たいてい午前の部と午後の部にわかれたプログラムになっているが、自分の徒競走などが午後の部の最後のほうになっていたりすると、その運動会自体がちっともおもしろくなかった。

うまくスタートできなかったらどうしよう。転んだらどうしよう。ましてやビリになったらどうしよう!!　考え出したら心配度はアップするばかり。逆に早い時期に徒競走が終わると、結果はどうあれ、がぜん元気になった。

「お昼の給食なにかなー」

ウキウキである。

運動会の日のメニューはいつもより少し豪華だった。デザートが二種類だったり（バナナとゼリーとか）、ふつうの牛乳の他にコーヒー牛乳までついていたっけ。よくよく考えると牛乳とコーヒー牛乳、二個いるもんか？

給食の後は、ＰＴＡの綱引きや低学年の玉入れなど軽めの競技からスタートだ。低学年の玉入れは、自分が高学年になって見るとイライラする。玉を入れるだけなのにすっころんでいる子がいて「やっぱ子供だなぁ」と子供の分際で思ったもんである。

さて、もちろん運動会のハイライトは紅白対抗リレーだろう。

クラスで選ばれたランナーが、みんなの期待を背負って走る。勝ち得点も大きいので、責任重大だ。

わたしの心には、今でも伝説の男の子たちがいる。

年子で男ばかりという大原三兄弟は、全員足が速かった。必ず紅白対抗リレーに選ばれる彼らは華《はな》があり、目立っていた。大原三兄弟の次男坊と同じ学年だったわたしは、彼と同じクラスになれた時、本当にうれしかった。

彼らはあの頃のわたしのヒーローだった。団体競技の影にかくれて失敗を恐れていたわたしの、彼らは眩《まぶ》しいヒーローだった。

大原君は、どんな大人になっているんだろう。

団体の中ばかりにいたわたしのことなど全然覚えていないんだろうなと思うと、ちょっぴり淋しい気もするのであった。

小4
遠足の準備
①
150円って少ないよね
200円だったらいいのにね
じゃあ3時に市場ね
バイバーイ
バイバーイ
お母さん遠足のおやつ代150円ちょうだーい
はい気をつけてね
みんな来てるね
やー
よーし150円ぴったりで最高のおやつを買うぞー
うん
お菓子選びはバランスが大事だ
バランス、バランス
うーん
まずはメインから
からい系のスナック50円
うーん
うーん

アメも買わなきゃ!!
バスで間がもたないし…
チュッパチャップスはちょっと高いし、5円のコーラアメ
うーん うーん
早くお菓子がなくなったとき用にガムも買わなくちゃ…
当たり付きは当たり前
うーん うーん
お菓子交換用のお菓子も必要
数が多いラムネくらいがちょうどいい
うーん うーん
うわっ150円ぴったり!!
わたしすごーい
そうだ、当たり付きガムが当たってたら、もう一個もらえる。今見て当たりだったら10円で二個だ!!
当たったら160円分になるけど使ったのは150円だからオーバーにならないもん
げっハズレ!!
遠足のおやつを買うのは本当に楽しい
コーラアメ同じだね
ほんとだー
あっガムいいなー
ほめられるとさらにうれしい

小4
遠足の準備
②
お母さーん リュックと 水筒は ?
出してあるよ
えーっと
でーき た!!
今日子のも 手伝ってやってー
外の ポケットに ハンカチと ティッシュが 入ってる からね
うん
1年は亀山公園 でしょ? 4年はバスに 一時間も乗るん だよ
いいなー
あー なんか ねむれない 夜なんて とばして 朝になれば いいのに… も〜〜〜
明日 晴れますように…

次の日
ザー
ザー
起きなさーい 雨だよー
えー 雨？
ねー ホントに 今日は 遠足 ないかな？
だってすごく 降ってるでしょ
念のため リュックも 持って いこうかなー
誰も持って いかないと思うよ
ホントだ みんな ランドセル だ
ハーア
でも……
うん
おいしいね
教室で お弁当食べるのは うれしい

小4
手作りのお菓子
これクッキー手作りよ!!
サンキュー
手作りクッキーか…わたしもなんか作ってみようかなー
できるかなー
マンガ
ニコッ
お母さーん
お菓子の本買うからお金ちょうだい
お菓子作んの?
ふふ
「はじめてのお菓子作り」これでいいかなー
スタスタ
お姉ちゃんなにしてんの?
あ
お菓子作るんだけど今日子、何が食べたい?
今日子、これがいいー
ブルーベリーババロアか…おいしそうだねー
お母さーん
お菓子作るから材料代ちょうだい
家であるもんで作りなさい

うーん、「ムース」なら
できるかなー
でも生クリームないけど
牛乳でいいのかなー
ゼラチンもないけど…
ムースでもいい？
うん
ゼラチンってなに？
卵白をツノが立つくらいまで泡立てるか…
よーし
カッ カッ カッ カッ
こんなもんでいっか
なんかあんまり固くないけど…
あとは卵黄、さとう、生クリームの代りに牛乳、それから…
二時間冷蔵庫で冷やすだけ
二時間後
できた？
あれー？全然固まってないよー冷凍庫に入れてみるか
さらに一時間後
できた？
うーん なんか表面だけ凍ってて、中は水だ…… もう少し冷凍庫入れよ
結局…
ムースおいしいねー
うん
これじゃアイスキャンディだよ
ガッ ガッ ガッ ガッ

# タヌキランド計画

教育テレビの「できるかな」は、手作りをしたい子供に人気の番組だった。

しかし「わたしにもできるかなー」と思って、後で実際にやってみるとだいたい失敗した。ノッポさんとゴン太君はあんなに簡単にやっていたのにと、悲しくなったもんだ。また微妙に欲しい材料がなかったりして思い通りにいかなかった。たとえば大きいダンボールとか、空き缶とか。あるときにはあるが、たいていは家にない。テレビが終わったらすぐに作ってみたいのに、そううまい具合には揃《そろ》ってないのだ。牛乳の開きパック程度ならなんとか用意できるが、そこに竹ヒゴとか針金なんかが組み合わさると、お手上げである。「あるもんで我慢しなさい」と母にいわれるのがわかっているので、あえて要求もしなかった。

さて、手作りといえば夏休みの自由課題である。切り絵やお面など、みんながいろんなもんを作ってくる。それを新学期に体育館で展示するのがひとつの行事になっていた。

四年生の時のわたしは、仲良しの友達二人と共同で何かを作ろうということになった。で、何を作るかを夏休みに三人集合し、作戦会議を開いた。「家を作ろう」といい出したのはわたしである。その家を「タヌキの家族の家にしよう」といったのはちーちゃんだった。もうひとりの子は誰だったか忘れたけど、たぶん協調性のある子だったのだろう、この案にすぐ決定した。かわいいタヌキのワンダーランド。なんて素敵なんだろう。三人は舞い上がって喜んだ。

まずは大きめのダンボールを半分にカットし、色を塗る。そこに紙で作った家や木、お昼寝場所などを設置。タヌキの家族は紙粘土で型を作って着色した。数日をかけてタヌキランドは着々と進んでいくが、わたしたち三人の顔はだんだんと浮かなくなってきた。なぜなら想像していたのより、はるかに小汚なかったからだ。

紙で作った家はなぜか斜めだし、ノリもガビガビ。粘土のタヌキも売り物とはほど遠い下手くそ加減だ。わたしたちは、このタヌキの家を提出するのがはずかしくなってきたのである。だけどやり直すほどの時間はもうない。やっぱりこれを提出しようと決めるが、誰がこれを学校に持っていくかでモメまくった。結局、じゃんけんに負けたちーちゃんが持っていくことになったが、ちーちゃんは、その姿を人に見られたくないために「すっごい早く学校に来た」といっていた。

意外なことに、体育館に展示された「タヌキランド」はそんなに悪くは見えなかった。それどころか、結構上手なように思えた。実際わたしたちは、学校からなんか小さな賞をもらったのである。自分たちの完成イメージと違いすぎてはいたけれど、子供の世界はこれでいいのか、と妙に感心したのを覚えている。

小5
口さけ女
また2丁目に出たんだって、口さけ女…
そろそろこのへんにも来るんじゃない?
やだー
学校の近くで見た子もいるって…
あっ それ知ってる
今、もしこの公園に来たらどうする?
キャーーッ
やだー
口さけ女が来た時のために作戦を考えようよ!!
まず石をポケットに入れておこう
投げるんだね!!
当てる練習しとこ!
ボコッ

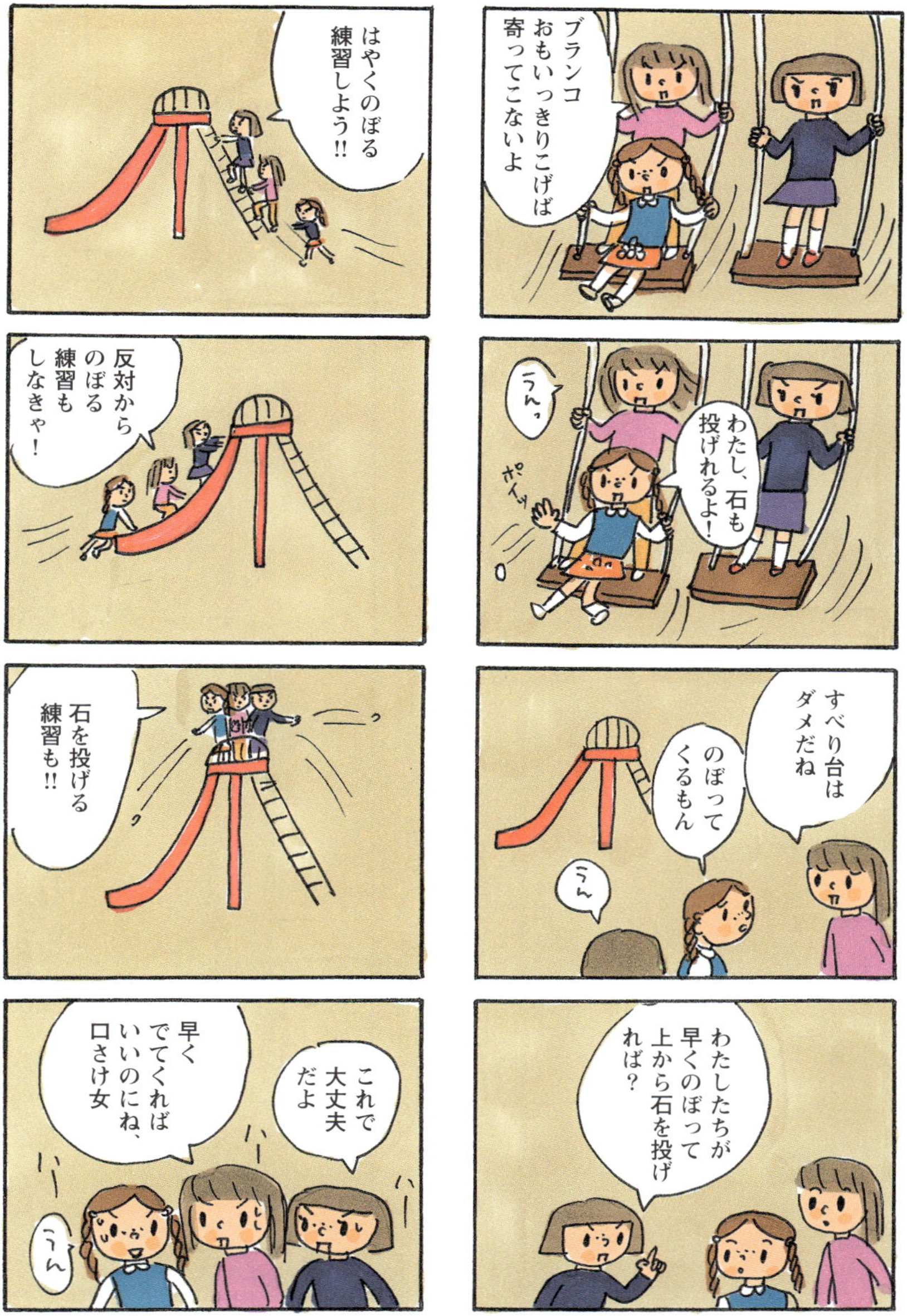
ブランコ
おもいっきりこげば
寄ってこないよ
わたし、石も
投げれるよ!
ポイッ
うんっ
すべり台は
ダメだね
のぼって
くるもん
うん
わたしたちが
早くのぼって
上から石を投げ
れば?
はやくのぼる
練習しよう!!
反対から
のぼる
練習も
しなきゃ!
石を投げる
練習も!!
これで
大丈夫
だよ
早く
でてくれば
いいのにね、
口さけ女
うん

# 口さけ女の口がさけた理由

口さけ女は本当にいると信じていた。

口さけ女の噂は、語る子供によってちょっとずつ違うとこがあり、そのズレが余計に真実味をもたらしていたように思う。

わたしの仲間うちでは、口さけ女は大きなマスクをしてさけた口を隠し、会った人に「わたし綺麗《きれい》？」と質問する。「うん」と答えると、彼女はマスクを外して「これでもか――‼」と顔を見せ、追いかけてくる。逃げても百メートルを五秒で走るのですぐにつかまる、という感じだった。

しかし、これが隣りのクラスに移動しただけで少し変化する。

「口さけ女がマスクを外した顔を見た瞬間に死ぬ」

……などとよりパワーアップしているのだ。

さらには、口さけ女の口がさけた理由を知っている子までいた。

理由はこうだ。

「口さけ女は、歯の治療中に口がさけてしまった」

そんなら縫《ぬ》えよ、とつっこみたいところだが、子供にはこれで充分だったのだろう。

そういえば、口さけ女に会っても、ある「呪文」をいえば助かるってことになっていた気がするな。そう思って同級生にメールしたところ、速攻で返信がきた。

「ポマード、ポマード、ポマード」

そうそう!! この呪文だ。

でも、この「ポマード、ポマード、ポマード」ってなんだ? このメールにはつづきがあった。

「口さけ女は男が嫌いで、男がつけるポマードの匂いも大嫌いだった。男を嫌いな理由は、口がさけていてブスっていわれたから」

ということらしい。わたしはこのメールを見て、思わず泣きたくなってしまった。

口がさけていてブスっていわれたから男が嫌い。

こんな理由を最初に考えた子は、きっと繊細で傷つきやすい子供だったんじゃないだろうか。

それにしても、なんで見たこともないものをあんなに信じまくっていたんだろう。無理して信じていたような気すらする。実はいてほしかったのだろうか。サンタクロースもいない、妖精も、魔法使いも、全部嘘。大人に騙されていた恨みつらみが、口さけ女を必死で信じこませていたんだったりして。

小5
はじめての林間学校
じゃあ明日は遅れないようにね
あー ドキドキするね
あたしも!!
明日の準備できたの?
うん
へー
楽しみ
はじめてみんなで泊まりがけだもんなー ドキドキする
念のため もう一回しおりを読んでおこう
忘れものないな
キャンプファイヤーで歌う曲、もう一回練習しとこ!
いーつまでもー かわることなく とーもだちで いよーぉ
あっ、いけない!! 緊急の連絡先書いてなかった
えーっと 家の電話はー

念のため、おばあちゃんとこも書いとこ！
家に人がいないかもしれないし…
わたしが林間学校に行ってる時におばあちゃんが死んだらどうしよう
今は元気だけど
家が火事になってみんな死んだらどうしよう
ひとりぼっちだ
わたし
どうしよう
うっ
ひとりぼっちになったらわたしはどうなんの？
うっ
うっ
あっ!! 夜は山の中は寒いから、長そでがいるんだった
思い出した
ガバッ
もう少しで忘れるとこだったよ
へへへ
髪の毛、ちょっとかわいく結んでいこうかなー
フフフ

# 凧あげ大会

小学校は××大会が好きである。

水泳大会、ドッヂボール大会、キックベースボール大会、マラソン大会。ネタがなくなりゃなんかの大会である。わたしは球技と水泳とマラソンが苦手なので、いわばほとんどの大会が迷惑そのものだった。

中でも特に嫌だったのが水泳大会だ。わたしは泳ぎがダメだった。水泳大会は体育の授業の一環なので、全員出席を余儀なくされる。ビリになるとわかっていて大会に出なければならない、そのツラさ。子供も結構つらいのである。

しかし好きな大会もあった。それは「凧《たこ》あげ大会」である。毎年一月には恒例の「凧あげ大会」が行われた。全校生徒がそろって思い思いの凧を校庭であげる「凧あげ大会」はお祭りのようだった。

「凧あげ大会」はクラス対抗ではなく、クラスをさらに四、五人にわけたグループ対抗だった。各班ごとに凧を作り、一斉に校庭で飛ばす。その様子を先生たちが審査してまわり、大賞が決定する。

凧にはかならずグループ名を記入し、賞をもらえるようにアピールするのである。

五年か六年の時だ。またまた恒例の「凧あげ大会」の季節がやってきた。凧作りは全校生徒が午前中いっぱいを使って製作し、その日の午後に「凧あげ大会」が行われたように思う。

わたしたちの班は竹ヒゴとゴミ袋で三角形の凧を作った。試しにあげてみたところ、凧は「空に舞う」というより地面をカッカッカッと走るだけ。完璧に失敗である。

「凧の足が短いんとちゃうか？」

誰かの一言でもう少し長くすることに。しかし同じく、凧の徒競走状態である。

「もっと足、長くしてみよか」

またしても凧の足をビニールで付けたしてみるわたしたち。だが結果は同じである。気がつけば、わたしたちの凧は他の班の凧よりうんと足が長くなっていた。

作り直すか？　でももう時間がない。

あきらめて、その凧のまま大会に挑んだわたしたちのグループ。当然だけど空にあがらないので、大賞などとれるわけもなかった。

だが賞は大賞だけではない。わたしたちの凧は審査委員の先生の目にとまり、なんと賞をもらったのである。その賞の名前はくだらなすぎて今でも忘れられない。

「足が長かったで賞」だ。

小5
わたしも歌手
歌手っていいなー
あなたがー 待っていたのー
あっ
自分の歌を録音して聞いたら歌手みたいになるんじゃない？
あった、カセット
あなたがー 待っていたのー
買い物行ってくるね なにやってるの？
ビクッ
ちょ、ちょっとラジオでも聞こうと思って…
あー びっくりした
やりなおし やりなおし
ガチャッ

今のちょっと聞いてみるか
待っていたのー
買い物行ってくるね
あっ また間違えた も〜〜〜〜〜
そしてー 恋はー
これ 笑えるー
アハハハハ
よし、次は本番のコンサートのつもり
間違いは絶対ゆるされない!!
ガチャ
もう一回うたおー
あっ また同じとこで間違えた! 今のナシ!!
恋はー
あっ 間違えた! やりなおし!!「は」じゃなくて「の」だよ
そしてー 恋は
ガチャ
次が本当の本番
すでに30分経過
ガチャ

# 将来の夢

将来何になりたいか。

大人たちは本当にそればっか聞いてきた。自分たちに未来がないせいか、人の未来に首をつっこんでくるのだ。

わたしは子供好きということになっていたので、「学校の先生」とか「保母さん」になるのを自分の夢にしていた。なんで子供好きと思われていたのかといえば、やはり妹とよく遊んでいたからだろう。妹の友達が来た時も、いろんな遊びを一緒にやったものだ。

しかし実際はちょっと違う。うちは狭い団地で、四畳半の和室がわたしと妹の部屋だった。そんな小さい部屋に妹の友達が来た場合、わたしひとりだけ違うことができるものだろうか。テレビはないし、折り紙をするにも小さい奴らが大騒ぎ。一緒に遊ぶほうがまだ自分も楽しめる、というもんである。

それをうちの母親などは「アンタは小さい子が好きやから、将来は幼稚園の先生かな」などというので、わたしもついつい調子に乗って「うん」と返事をしていたのである。子供はいつだって親の望む自分でいたいものなのだ。わたしが「先生になりたい」というとみんなが納得するので「ま、それでいいか」と思ってはいたが、心の中では絶対無理だと悟っていた。本当に勉強が嫌いだったし、勉強ができなかったからだ。

歌手になりたいという子がクラスにいた。

そりゃできればわたしだってアイドルになって、テレビで歌でも歌ってみたいと思った。しかし、そういうのは可愛い子がなるものということもわかっていた。

歌手になりたいというその子の顔は、はっきりいってわたしレベルである。取り立てて男の子たちからモテているわけでもないのに、歌手になりたいなどと発表している。

わたしは思う。なんて図々しいんだろう。なんで自分のことがわかんないんだろう。そういうことをみんなの前でいうことがはずかしくはないんだろうか。自分との羞恥心《しゅうちしん》の差にひどく驚いたものである。反対に、クラスでも可愛くて人気の女の子が「将来はお菓子屋さんになりたい」などといっているのを聞くと、また驚いた。なんで芸能人になりたいって思わないんだろう。こんなに可愛いんだったら、絶対に歌手になれるはずなのに、と本気で思ったもんだ。

うちの小学校の窓からは新幹線が通るのが見えた。そのせいか男子の中には「将来は新幹線の運転手になりたい」という子もわりといた。大人になって新幹線の運転手になったら、運転席からこの小学校を見るといっていたっけ。

夢がかなった子って何人くらいいるんだろう。でも知りたくないような気もする。

小5
お手伝いのコツ
もう5年生 なんだから 洗たく物くらい 入れといて
ハーイ
あーあ 洗たく物って めんどくさいん だよなー
外寒いしー
マンガ
今日子〜〜〜
なに？
お母さんが 今日子に洗たく物 入れてほしいって…
お姉ちゃんも 手伝って あげよっか？
うんっ
じゃあ分担してやろう 洗たく物を入れる人と たたむ人、どっちが いい？
決まんないなら お姉ちゃんが 入れる人ね
ニーっと
ニーっと

ヤダー 今日子も そっちがいい
えーっ、そっちの方が楽なんだけどなー ま、いっか
外、すっごい寒い
おねーちゃん終わったよー
はーい
お姉ちゃんね、タオルたたむの早いんだよー
ほら
今日子はまだ小さいから無理だよねー
できるもんっ
ほら
スゴーイ じゃあ他のもやってみて
今日子スゴイじゃん
うん
でもさー今日子は小さいからかたづける場所はわかんないでしょ
わかるもんっ

# ほめられはしたけれど

家の手伝いを頼まれることはほとんどなかった。いつも嫌々やって文句ばっかりいうので、母もいい加減あきらめていたのだろう。わたしも妹も、大人になるまで朝晩の布団の上げ下ろしさえしなかったほどだ。母はちょっと子供に甘いところがあった。というか、お金以外のことではかなり甘かったと思う。毎朝、食パンにはバターとジャムが塗られていて当然だった。冬は着ていく服をこたつの中で温めておいてくれたし、下校時間に雨が降れば、必ずゲタ箱には傘が届けられていた。これでもしうちがお金持ちだったら、わたしと妹は絶対にろくなことにはなっていなかっただろう。お金がなくて本当によかったと思う。

さて、話をお手伝いに戻そう。お手伝いは嫌いだったけど、ほめられるのは大好き。そんなわたしが進んでやったお手伝い、それは、団地の廊下を掃除することである。八世帯が一棟のわが団地。わたしは土曜日の午後あたりに、よく廊下を箒《ほうき》ではいた。自分の家の階が終わると、つづいて各階を順番に掃除する。サーッ、サーッと箒がコンクリートを撫《な》でる音は結構大きく響く。わたしが掃除をしていると、よその家のドアが開いて、

「あら、いつもありがとう、えらいねぇ」

などとおばちゃんたちにほめられた。シューアイスなんかをもらうこともあり、いいことづくめである。

そんなある日のことだ。わたしがいつものように調子こいて廊下をはいていたら、ひとりの知らないおじさんが階段を上がってきて、「ちょっとトイレ貸して」といった。みんな出かけていて、うちには誰もいない。留守中に知らないおじさんを家に入れるアホがどこにいるというのだ？　しかしわたしは「どうぞどうぞ」と迷わず入れた。そしてそのまま廊下をはきつづけていたのである。わたしが「家には誰もいない」といった時、おじさんはとってもうれしそうだった。おじさんは十五分くらいたってもなかなか出てこなかった。長いなーとは思ったが、たぶんウンコだろうと解釈していたわたし。そしてようやく我が家から出てきたおじさんは、ずーっと掃除をしているわたしにむかって、

「おねーちゃん、えらいなぁ」

といって去っていったのだった。わたしは知らない大人にほめられて大満足である。

その話を帰ってきた母に自慢げにすると、当たり前だけど鬼のように怒られた。おじさんは一体何をしに来たのだろうか。絶対トイレではなかったはずだ。ってゆーか泥棒だっつーの!!　金目のもんがなかったからあきらめたのか、おじさんは何も取らずに去っていったようだ。わたしはその後、唯一のお手伝いだった廊下の掃除を二度とやることはなかったのである。

小5
誰にもいわないで
ハッ
なんかパンツが黒い
ってことは……
これって生理ってやつだよー
ハー お母さんにいわなきゃ
お母さーん
お母さん、なんかパンツ汚れちゃった
生理がはじまったのね。大丈夫、みーんななるんだからね
これがナプキン。お母さんだって使ってるんだからね

も〜〜〜〜
学校で習って知ってるよ
お母さんからこういう
話聞くのは
はずかしいんだよー
ヤバイ!!
生理になったこと
みんなに知られたら
はずかしくて
学校行けない!!
お母さん
生理のこと誰にも
いわないでね
うん、わかった
絶対、絶対
誰にもいわないでね
お父さんにもね
うん、うん
おっ
今日はなんで
赤飯なんだ?
も〜〜〜〜
お母さん
は〜〜〜
ちょっと
ね
学校で
マスダさん
ちょっと…
ハイ
お母さんから連絡
あったよ、よかった
ねー
ハイ
も〜〜〜
お母さん
は〜〜〜

# 憧れの公認カップル

子供の頃から感じていたことなのだが、好きな子がいる女の子には二通りのタイプがいる。好きな男の子の名前をいうタイプと、いわないタイプだ。

わたしは後者の、いわないタイプだった。たとえ仲良しの子にも絶対にいわなかった。というか、いえなかった。自分が誰を好きなのかを他人が知っているなんて、そんなはずかしいことに耐えられなかったのだ。「絶対誰にもいわないから」などと約束されても、決して口には出さなかった。

その反面、女の子同士の打ち明け話の時に、気軽に誰が好きかを告白する子がうらやましかった。

わたしもあんなふうに自然にいえたらいいのにな。でも、みんなに知られていると思うと、意識してしまって、好きな男の子ともしゃべれなくなりそうで嫌だし……。

まだ子供なんだからもっとナチュラルにやれよ、と思うがそれが性格というもんなのだろう。

大人になってからも、わたしは自分の恋のことなど誰にもいわなかったが、ついにその反動がおとずれ、いま恋の川柳集などを出版しているのかもしれない。

さてマリちゃんは、小六のくせに彼氏がいた。マリちゃんは活発で、ドッヂボールも強くて、「うわさの姫子」カットを平気でできるようなかわいい子だった。相手は同じクラスの男子で、マリちゃん同様の人気者だった。マリちゃんが積極的にアタックし、カップルが成立。クラス公認の仲でもあった。

クラス公認？　それってドラマみたいじゃん。マリちゃんと特に仲良しだったわたしは、ふたりのラブラブぶりにあてられっぱなしである。

今でも覚えているラブラブぶりがある。

マリちゃんたちは、教室でたくさんしゃべれた日には、お互いの机にえんぴつでハートマークを書き込んでいた。

わからないように隅にコソっと書いていたが、マリちゃんからそのことを聞いていたわたしは、ついついハートの数が気になってしまう。

今日は二つか。あんまりしゃべれなかったんだなあ、かわいそう。

他人の恋愛を本気で心配していたあの頃のわたし……。純粋でもあるが、お人好し、いや、単なるアホともいえるだろう。

小5
女の子だから
わーすげー鉛筆ちっさい!!
へへー
まだまだ書けるんだぜ
ほら
ミニサイズかっわいいーーっ
いいなーあたしもあれくらい小さいので書いてみたいなー
宿題?
ちょっとね
わざと折って削り、小さくする
ボキッ
やっとできたよ
かっわいー
なんで女子は学校でこんなことしない雰囲気なわけ?
楽しいのにー

女子はこういうの
つけたりさー
こんなことしてる子は
いるけど
短くなった鉛筆
二本を千代紙で
合体
こういうバカっぽいのは
男子しかいない
わたしが男子だったら
こういうことをやって
みんなを笑わせてみたい

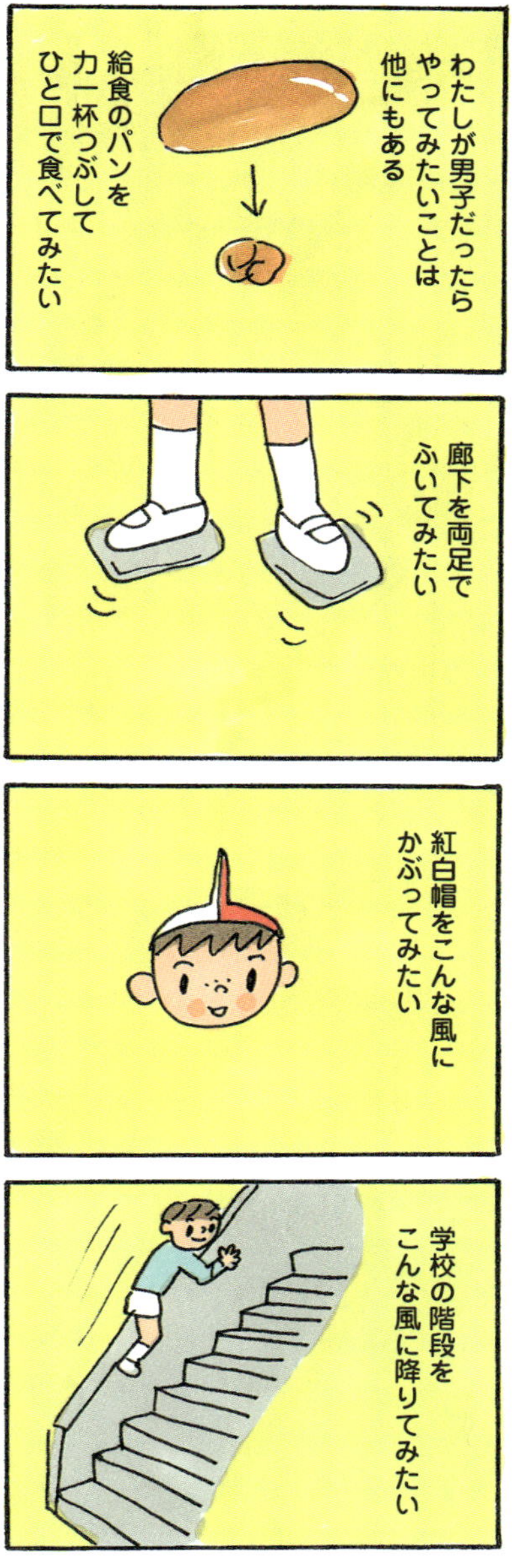
わたしが男子だったら
やってみたいことは
他にもある
給食のパンを
力一杯つぶして
ひと口で食べてみたい
廊下を両足で
ふいてみたい
紅白帽をこんな風に
かぶってみたい
学校の階段を
こんな風に降りてみたい

# お姉ちゃんなんだから

「お姉ちゃんなんだから」と叱られている子供を見ると、わたしは今でも岡田さんを思い出す。

小四の時に転校してきた岡田さんという女の子は、髪の毛が絡《から》まっていて、いつも同じ服を着ていて、下手するといじめられかねない風貌だったのだが、「きょうだい多いし仕方ないよ」というみんなの考えが運よく一致し、いじめられてはいなかった。しかし岡田さんは友達がいなかった。

そんな岡田さんの家に、なんでわたしが遊びに行ったんだろう。どういうきっかけで、あんまりしゃべったことのない岡田さんがわたしを誘ってくれたのかは思い出せないが、とにかくわたしは学校が終わってから岡田さんの家にひとりで行くことになったのだ。

岡田さんの家は古いアパートだった。玄関を開けるとすぐに階段になっていて、部屋は二階の二間と台所だけ。わたしの家も団地で同じような広さなのだが、ここでは住んでいる人数がぜんぜん違う。岡田さんの家は、両親と小さいきょうだいが五～六人、お兄ちゃんがひとり。まさしく大家族だったのだ。

部屋は物であふれ、保育所みたいに小さい子が走り回っている。

おとなしいはずの岡田さんが弟や妹たちに「静かにしろ」と怒鳴っているのにも驚いたが、その声や表情はいつもの自信のなさそうな感じではなく、貫禄すらある。

岡田さんは台所にいるお母さんにわたしが遊びに来ていることを伝えに行ったが、お母さんは赤ちゃんに手一杯のようだった。それどころか岡田さんは家事を頼まれていた。岡田さんが忙しそうなので、わたしは仕方なく隅の方で小さい子たちと一緒にテレビを見ていた。そうこうしているうちに、弟たちの壮絶な喧嘩がはじまった。悲鳴のような泣き声が狭い部屋にこだまし、ついに台所にいたお母さんの登場である。

（この子たち、叱られるなー）

わたしは緊張しながらことの行方を見守っていた。しかしお母さんは迷わず、岡田さんの頭をシバいた。

「ちゃんと面倒みなさい、お姉ちゃんなんだから！」

お母さんはそういって再び台所に引き上げていった。岡田さんはというと、泣きもせずにわたしにテレくさそうに笑った後、家の用事を再開していた。ちなみに彼女のお兄ちゃんは、寝ころんでマンガを読んでいるだけだ。

お姉ちゃん、ひいては女というだけでなんだか大変な役回りになっていた岡田さん。わたしは岡田さんを気の毒だと思いつつ、自分も女の子であることが、その時、急に怖くなったのだった。

小5
カゼの日
①
ゾクッ
あれー なんかすっごい寒い……
寒いのに顔がホカホカする。しんどいかも……
ブルッ
ブルッ
うーーー
マスダさん、どうしたの しんどいの？
あ、はい
保健委員、保健室に連れていってあげて
はい
だいじょうぶ？
うん
熱、計ろう
ハイ

あらー
38度超えてる
しんどかったでしょー
んなこといわれると
どんどん
しんどくなってきたよ
ハイ
お母さんに迎えに
来てもらおうね
ハイ
わたし熱があったのに
がまんしてたんだ
なんか
かわいそう、わたし…
マスダさん、
お母さん、来て
くれたよ
大丈夫？朝から
しんどかったの？
うん
でも
ないけど
……
マスダさんは
がんばり屋さん
だもんねっ
うっ
んなこといわれると
泣きたくなっちゃうよー

小5
カゼの日
②
37度か。今日は学校休んだ方がいいね
うん
今日子も学校休む〜〜〜!!
だーーめ お姉ちゃんは病気だから休むの!!
なんかお母さんにひいきされてるみたいでいい気持ち
もう少し寝なさい
うん
あら起きた？なんか食べる？
アイスクリーム食べたい

じゃあパン屋さんで買ってきてあげるね
「レディボーデン」がいい
じゃまた寝なさい
ギューやって
今ごろ体育の時間だなー なんか、こんな時間に家にいるの変なかんじー
ふとんの中に空気が入らないように上からギューと押しこむ
ギュー
「レディボーデン」買ってきたよー
食べさせてー
お母さんひとりじめ
もー
あまえちゃってー
ただいまー
はいおかえり
はーあ

給食のマナー
小6
ねーねー
なんでジャムの先
そんなに小さく
切ってんの？
だって
こうすれば
食パンの隅っこまで
ジャムがぬれるもん
ともこちゃんのパン
ジャム
切り口が小さい
わたしのパン
ジャム
切り口が大きい
後でスプーンでのばすと
スプーンにジャムがついて
味がおかずと混ざるし…
スゴーイ!!
さすが頭のいい子は
給食の時も
いろいろ考えてんだー

ペローン
ねーねー なんでバナナ そんなふうに むくの？
だって こうやったら 食べやすいもん。見てて！
バナナを一口ずつ スプーンで すくう
ちょっとだけ むく
女の子はバナナに かぶりついちゃダメって お母さんがいってたよ
食べ終わったら バナナの皮の中に ゴミとか入れて また閉じると きれいなんだよ
頭のいい子といると 勉強になるなー 次からわたしも そうしよーっと
？
でもなんで 女の子はバナナに かぶりついちゃ ダメなんだろ

# 恐怖のメニュー

給食をいかに上手に残すかが毎日の課題だった。などというとバチあたりな奴だと叱られるだろうが、わたしは苦手な食べ物が多かった。

まず、豚の脂身《あぶらみ》だ。カレーなどに大量に入っていた。ってゆーか、これは食べられなくてもいいんじゃないの、と今でも思う。脂身を食べて「オエッ」となる人って多いのではないだろうか。わたしはこの「オエッ」の恐怖に六年間怯《おび》えつづけた。

それから筑前煮。あらゆるメニューの中で群を抜いて苦手だった。レンコン、ごぼう、ひじき、大豆、コンニャク。もう少し子供を意識したヤングな素材にしてほしいところだ。豚の脂身などを残す時は「いったん口に入れてから、咳《せき》をするふりをしてティッシュに吐き出す」演出で逃げられたが、筑前煮はそうはいかない。

奴らは器にまんべんなく山盛りに入っていた。何度も咳・ティッシュ・咳・ティッシュでは吐き出していることがみんなにバレてしまう。

昼休みに給食を食べられずに残っているメンバーはだいたい同じ顔ぶれだ。筑前煮や豚の脂身程度のわたしはまだマシなほうで、あらゆるものが嫌いな子もいて気の毒だった。とはいっても、先生も鬼ではない。ほどほどの時間になったら解放してくれる。そして解放の仕方はその時の担任によって違った。

ある先生は、給食のおばさんのところにあやまりにいかせて終了だった。毎日残している子は、すでにおばさんたちと顔見知りになっていた。給食残しの常連の子と給食室に行くと、

「残してごめんなさい」

「毎日大変やねぇ」

などという会話を耳にし、なんだかうらやましかったもんだ。

先生の目の前で嫌いなもんを一口食べてみせたら合格、という担任もいた。それから、残した給食をビニール袋に入れて持って帰らせ、家の人に「今日はこれを残しました」と報告する、というのもあった。子供たちが食べ物に感謝する気持ちと、健康な体作りを考えての指導。本当にありがたく、大事なことだったと思う。思うが、子供の思考ではなかなか感謝しにくい状況だったともいえる。

わたしは当時、食べ物の好き嫌いがない子が本当にうらやましかった。どんな給食でもおいしく食べられるなんていいなぁ、と思った。今でもわたしは食べられないものがいくつかあるので、なんでも食べられる人に対して引け目を感じてしまう。その反面、好き嫌いが多い大人に会うと、「君も給食で苦労したんだね」と同志のような気持ちになるのである。

ブラジャーの季節
①
小6
わたし今日からブラジャーしてるんだ
ほんと？
お母さんがしなさいって
そうなの？
え——ブラジャーなんかヤダー
小学生なのにはずかしいよ
あっマスダさん
ハイ
マスダさん、そろそろブラジャーしようか
え——中学生までしたくないよ
ブラジャーなんて
帰ろっか
うん
いいなークミちゃんは胸ペッタンコで…

胸なんかいらないよ
もう、ずーっとペッタンコでいいよ
ただいまー
はい
おかえりー
も〜〜〜〜
はずかしくて
いいにくいよ
ブラジャー
なんて…
お母さんから
「ブラジャーしなさい」って
いってほしいよ
も〜〜〜〜
あのさー保健の
先生がブラジャー
しなさいって
エッ!!
あらー
もうブラジャーか…
じゃ、じゃあ、これから
買いに行こうか
ねっ
ねっ
いいよ、別に
今日じゃなくても
……
で、でも先生が…
なんでお母さんって
先生のいいなりな
わけ？
いっつもさー

ブラジャーの季節 ②
小6
ブラジャー一緒に買いに行こう
え〜〜〜ヤダ——
だってサイズがわかんないでしょ
一緒に来ないと…
ヤダー いいよ、もー お母さん、選んできてよ
はずかしいってば！
そお？ じゃあ お店の人に聞いて買ってくるね
うん
ハ——
もう最悪
ただいまー
二種類買ってきたよー
ふーん
スポーツ用のがいいんだって
かぶるタイプがはじめはいいって
うん

ちょっと
してみる?
うん
……
あっち
行ってて!!
テケ
テケ
なにしてんのー
も——
あっち行ってて!!
アイス
あるよ、
ホラ
?
うわー
わたし大人みたい
なんか
へんなかんじー
たぶんこれでいい
そお?
よかったー

ブラジャーの季節 ③
小6
朝だよー
どうしよう?
今日、ブラジャー
どうしよう
やっぱりはずかしい
ブラジャーして行くんでしょ
わかんない!!
ヤダなーー
も〜〜〜
でも、大人ってかんじ
フフフ
ブラジャーしてんのわかるかなー
バレたらはずかしい……

お母さーん ブラジャーわかる?
うーん
ほらー 背中とかに ブラジャーの線 見えてない?
そうねえ
いいから ちゃんと見てって!!
ちょっと 見えるかなー
でも よく見ないと わかんない から 大丈夫 だよ
いや!!
ほら、これ もう一枚着たら わかんないよ
ほんっとに わかんない?
うん、 全然わかんない
ほんとに、ほんと?
命かける?
大丈夫!!
いって きまーす
気をつけてねー

# めざせ、おてんば

おてんばな女の子に憧れていた。

キャンディ・キャンディや、アルプスの少女ハイジ、さるとびエッちゃん、魔女っ子メグ、赤毛のアン……。人気がある女の子はみんなおてんばさんだ。男の子たちと一緒に駆けまわったり、喧嘩したりとワイルドでもある。わたしもそんな女の子になりたい、と心から思ったものだ。

しかし実際の自分は、全然おてんばなどではなかった。折り紙を集めたり、人形にメイクしたり。ぬり絵をやらせりゃ、背景までびっちりぬりこむという、まさしくインドアタイプ。おてんばさんとはベクトルが反対方向を向いていた。

おまけにかなりの怖がりでもあった。

ジャングルジムみたいな高い場所より、シーソーのようなのんびりした乗り物のほうが好きだったし、危険な遊びをしている子を見かけたら、近くにいる大人に通報するようなクソ真面目な子供でもあった。

おてんばな女の子にどうやったらなれるんだろう。

おてんばな女の子だと人に思われるには、一体どうすればいいのだろう。

いくら考えてみたところで答えはでない。

そしてわたしはあることを思いつく。

スカートはだめだ。おてんばな女の子になりたいなら、スカートなんかやめてズボンオンリーにしよう。

というわけで、わたしは六年生の頃はズボンオンリーで過ごした。そのことに誰も気づいてはくれなかったが、わたしの心では「おてんば」に一歩近づけた喜びがあったものだ。

より「おてんば」を演出するべく、わたしはジーパンをはいて、さらにおそろいのジーンズのチョッキまで着ていた。さすがに中のTシャツは着替えるが、ジーパンとチョッキは、ほぼ毎日着用である。

さらにここでやめておけばいいのに、わたしはジーンズ生地の帽子まで買ってもらうのだ。帽子というかキャップである。それを目深にかぶってキャップの中に髪の毛を押し込み、ショートヘア風に。ワイルドなおてんばさんファッションのつもりである。ジーパンにジーンズのチョッキにジーンズのキャップ……。よくよく考えると、おてんばというより変装である。中身は弱虫のまんま、外見だけはおてんばにチャレンジした（つもりの）わたし。その頃の写真を見ると、改めてアホを再確認するのであった。

修学旅行のおみやげ
小6
じゃ、おみやげの時間は一時間だからねー
ハーイ
ハーイ
なに買う？おみやげ
あたし「もみじまんじゅう」三個も頼まれちゃった
えっ三個も買ったら他になんにも買えないんじゃない？
大丈夫、おこづかい、ちょっと多めに持ってきたから
えっなん円？
2500円
ほんとは1500円なのに…
ふーん
あたしもちょっと多めに持ってくればよかったなー

だまってれば
わかんないもん
……
そうかもな
500円か
お父さんとお母さんには
500円で
もみじまんじゅう
あと
1000円
となりのおばさんには
150円のしゃもじ。
今日子には300円の
キーホルダー
あと
550円は自分の…
わーこれかわいい
けど、600円だし、
ダメだ
足りない
こっそり
多く持ってきてれば
……
1500円だと
足りないよねー
うん
あと
なん円
?
550円
あ、
でもやっぱり
ズルすんのはヤダ

# プレゼント交換

小学校の卒業式を前に、クラスで最後のお楽しみ会を開くことになった。メインはなんといってても「プレゼント交換」である。

クラス全員が輪になり、音楽に合わせてプレゼントを回していく。音楽が止まった時に手元にあったものがもらえるというルールだ。

プレゼントはお店で買うなら百円までだが、手作りならば特に基準はない。

わたしは張り切って手作りのクッキーを持参した。クッキーは前日、本を見ながらひとりで作ったものだ。

(クッキー、加藤君に当たるといいな)

わたしは密かにそう思っていた。加藤君は当時わたしが好きだったクラスメートだ。だけど子供の頃から自意識過剰だったわたしは、

「わたしのプレゼント、絶対、女子にもらってほしい！」

などと、誰も聞いてないのに発表していた。

そして、ついにプレゼント交換の時がきた。

輪になったみんなの手には大小さまざまの袋が握られている。ワクワクする瞬間だ。

加藤君のはどう見てもノートだった。袋から透けて見えるので間違いない。なんのひねりもないプレゼントだが、加藤君のノートが当たりますように、と祈るわたし。そして、自分のクッキーが加藤君の手に届きますように……。

「じゃあ、音楽かけるよー」

先生がカセットで「もしもしカメよ」を流しはじめる。

最初はテンポよく回っているのが、曲が終わりに近づくにつれて、みんな自分が欲しくない「形」のプレゼントをあわてて隣りに回すようになる。どう見ても「シャープペン」とか「かっぱえびせん」とわかるものほど、投げ捨てられるように回されていった。何が入っているかわからないものが、みんな欲しいのだ。

そして音楽は終了した。残念ながら加藤君のノートはわたしの手元には来なかった。そしてわたしのクッキーも加藤君のところには行かず、女の子のところに渡っていった。

ちなみにわたしには、リボンがかけられた小箱が当たった。開けてみるとお菓子の匂いがする消しゴムが二個入っていて、「先生より」というカードが添えられていた。

先生って……。

わたしはなぜかすっごいハズレを引いてしまったような、淋しい気持ちになったのであった。

卒業式
小6
じゃあお母さん 先に行ってるね
気をつけてね
今日は卒業式 いつもと違ってみんな きれいな服で テレくさい
オハヨ
オハヨ
先生が 来る前の 教室も 少し 静かめ
先生もすごくきれい
卒業式だねー
全員出席で 先生うれしいなー
卒業生入場
はずかしー
パチパチ
パチパチパチ
ハイ
自分の名前 呼ばれた時、 声が 出なかったら どうしよう
ドキドキ
声は出たけど 校長先生の前で コケたら どうしよう…

がんばって下さいね
ハイ
校長先生に「がんばって下さいね」っていわれたよー
がんばらなきゃ!!
式の後の教室
うわーん
えーん
卒業しても友達でいてね
あたしも!
あたしも!!
6年3組はずっーと仲間だよね
あーん
あーん
せんせー
あらあら
あらあら
いつでもあそびにおいで
なんかテレビドラマみたいー
先生〜〜
あーん

# 地味な晴れ姿

小学校の卒業式に着る洋服を買ってあげると母にいわれ、
「一回だけなのにもったいない」
と断ったわたし。わたしはかなり節約家の子供だったのである。母はせっかくだから新しいのを買おうと何度もいったが、「普段着でいい」とわたしは譲らなかった。結局、母の友達にスーツを借りることで、ようやくわたしは納得する。背が高かったので、大人のスーツでも着られたのだ。

茶色のツイードのジャケットと、お揃いのプリーツスカート。かなり地味である。せめてリボンくらいは買ってブラウスに付けようと母が提案してきたが、最終的には母が持っていた赤いネクタイを借りて結んだ。これもわたしが「もったいない」といって聞かなかったのだ。

卒業式当日。借り物の地味なスーツを来て小学校の体育館に向かったわたし。

あの日わたしは、親に負担をかけなかった自分が誇らしかった。新品の服を着ているクラスメートに優越感すら持っていたのである。だが実際はどうだろう。地味な洋服で出かけていく我が子を見て母は淋しかったに違いない。お母さん、あの時はごめんなさい。

# 2

# 中学校編

体育の創作ダンスは
マドンナの「ライクアバージン」だった
そんな自分たちが
カッコイイと思っていた
益田
益田

仲よくなる瞬間
中1
ねーねー小学校どこ?
あっ桜小
あたし若葉小。知ってる子クラスにあんまりいないんだ
そうなんだ
おはようございます 初めまして、数学の羽山といいます
みんながんばって勉強していきましょう
いよいよ今日から中学校での勉強が始まる。もう、絶対にわからないところをそのままにしたりしないんだ
あっ さっき話しかけてきた子、村井さんっていったっけ 楽しそうな子かも…
一時間目終了後
ねー数学わかった?
なんとなく…
ミリ トイレついて来てー
ゆみちゃんいいよー

数学、むずかしそう…
ねー
村井さんも誘ってあげた方がよかったかなー。でもまだあんまり知らないし…
次は英語だね。あたし、全然わかんないんだ
あたしもだよ
よかったー、村井さんも英語わかんないんだ。小学生ん時から英語習ってる子もいるから心配だったけど…
二時間目終了後
トイレ行こうっと…
あ、あたしも行こうかなー
待って、ゆみちゃん誘うから…
ゆみちゃん、トイレついて来てー 村井さんも一緒でいい?
うんっ
なに小?
あっ 若葉小
若葉小で知ってる子いるよ
えっ なんて子?

## ミリの謎

新しいクラスになった時、どうやって友達を作っていたんだろう。今あの時にもどっても、上手にやりとげる自信がわたしにはない。

ひとクラス約五十人いて、半分が女子として二十五人。そこからだいたい気があう友達三〜五人くらいのグループが完成するまでに、一体どれくらいの時間がかかっていたのだろう。
○○さんと名字で呼びあう仲から、あだ名に変わる瞬間がもっとも照れくさいものだった。しかし、その照れくささえクリアすれば、友達の距離がうんとちぢまったような気がする。
実はわたしの本名はミリではない。もっと一般的な名前がある。しかし、わたしは昔から「ミリ」というあだ名だったので、今でも本名を知らない友達が結構いると思う。

ミリというあだ名は、小学校三年生の時に誕生した。

まあ、誕生というほどでもないエピソードなんだけど、当時仲良しだった二人の女の子と「あだ名」で呼びあおうということになった。

その頃は名字に「さん」を付けるか、名前に「ちゃん」を付けて呼びあうのが主流だったから、あだ名で呼ぶのは大人の気分だった。

山田さんは「ヤヤ」ということになった。ヤヤがいいと自己申告があったので、すぐに決まった。ゆうこちゃんは「ヨッコ」がいいといったが、ユウコなんだし「ユッコ」にしたら、というわたしたちのアドバイスを受け入れ、「ユッコ」に決定した。そしてついにわたしの番である。どんなあだ名がいいかなーと考えようとしていた矢先、ユッコことゆうこちゃんが、

「ミリってどお？」

と提案してきたのだ。はっきりいうが、わたしの名前のどこにも「ミリ」という文字はない。なんでミリやねん!! という話なのだが、わたしは主体性がなかったので即承諾。ミリの理由も聞かぬまま、もうすぐ三十四歳を迎えようとしている身である。

という、こんなくだらないエピソードだが、この名前のおかげで、わたしは新しいクラスになるたびにちょっと得をしていた。話の〝つかみ〟としてちょうどいいのだ。

「なんでミリっていうの？」

などと話しかけられ、

「なんでかっていうと、小学校の三年の時にね……」

と説明を始め、「変なのー」と笑われて、それがきっかけで友達になるという具合だ。

どうしてミリなのかはいまだに謎だ。

たぶん名付けてくれた本人でさえも忘れていることだろうと思う。

7ミリの願いごと
中1
小指の爪を7ミリ伸ばして願いごとをかけながら切るとね
願いごとがかなうんだってー
へー
でもさー あと1ミリってとこで いっつも爪がかけちゃうんだよ
あたし折れないように透明のマニキュアしてんだよ
へー
へー
マコちゃん願いごとがかなったんだって
うそっ
工藤先輩に「おはよう」っていわれたんだって
マジ？
えー同じクラブだもん「おはよう」くらいいうんじゃないかなー

工藤先輩って一年の女子には絶対にあいさつしないんだって…
えーーっ スゴーイ やっぱ本当なんだ!!
あたしも伸ばしてみよっかなー
ゲー まだ 1ミリかー
願いごと何にしよっかなー
鈴木君に告白されるとか?
鈴木君…
のーばーそー

## 「恋が実る」おまじない

わたしは占いには興味がない。ついでにいうなら、幽霊やUFOも信じてない。などというと「幽霊とUFOを一緒にすんな、必死こいて怒った人がいたけど、どっちかっていうと、わたしは幽霊やUFOは必ずいる!!」と、わたしは幽霊やUFOよりこっちの人間の方が怖い。

そんなわたしでも、子供の頃はそういうもんをしっかりと信じていた。迷信も疑わなかった。「足の爪を夜切ると、親の死に目にあえへんねんで」と母親にいわれ、用心して夕方にも切らなかったほどだ。

当時、小学校で流行っていた迷信はこんなのだ。横断歩道の「白」だけ踏んで渡るといいことがあるとか、霊柩車《れいきゅう》を見たら親指を隠さないと家族が死ぬとか。

中でも特に人気だったのが、

「一日にワーゲンを三台見たらいいことがある」

だ。うちの小学校は国道沿いにあったので、みんな休み時間は教室の窓からワーゲン見張りをしていたっけ。

この迷信はやがてグレードアップしていき、最終的には「黄色いワーゲンじゃないとダメ」

とか、「銀色のワーゲンを見たら最高にいいことがある」とか、「赤いワーゲンは一台マイナスになる」など、あってないような掟《おきて》が生まれた。複雑なルールにより、ワーゲン迷信はさらに過熱。ついには窓側の子が授業中でもワーゲンばかり探すもんだから、先生がカーテンを閉めて勉強したっつーこともあったほどだ。

中学生になると、単に「いいことがある」という迷信では人気が薄かったように思う。お年頃のせいか「恋が実る」パターンは信仰も厚かった。

制服の肩に落ちている髪の毛を誰かに取られると恋が実らない、なんてのもあり、そんな迷信を知らない子が好意で髪の毛を取ったがために喧嘩《けんか》になったということもあった。家の電話の裏に呪文《じゅもん》を書いた紙を貼って、誰にも気づかれなかったら恋が実る、なんてのもあった。普通は気づかんだろ、そんな紙!!　で、気づいた人も怖いっつーの!!

それから絶対無理だとわかっていたが、内心あきらめていなかった迷信もあった。それは、「降り出した雨の、一番最初の雨粒を食べると両思いになる」だ。一番最初ってなに!?　だから子どもはアホなのである。

だけど、つい最近のこと。家の近所の路地裏で前を歩いていた女性（三十歳前後）が突然三歩後退したのを目撃。見ると近くに黒猫が……。アホなのは子どもだけじゃないよなーと、ほのぼのした瞬間であった。

好きな髪型
中1
あーあ 早く自分の好きな 髪型にしたいな
ヘア カタログ
カガミ
髪型変えたら かわいくなるかなー
でも学校には おろしていけない もんなー
先生より 先輩が 恐いもん
ちょっと変わった 結び方 やってみよーっと
あ、いいかも…
ニコッ
これをお団子に してみたい
くー むずかしい

うー なんか ぐちゃぐちゃ…
雑誌みたいに いかないよ
しかも、きつく 結びすぎて 頭痛いし…
イテテテ
あーあ かわいくなりたい なー
かわいく……
あたしってブスと カワイイだと どっち？
ニコッ
鈴木君の席からだと、あたしの右側の 顔が見える？
へー、こんな 感じで見えてんだ
ニコッ
おねー ちゃん なにして んの？
別にー

# 知世カット

原田知世のヘアスタイルが流行ったのは中学三年の時だ。どんな髪型かというと、耳が見えるか見えないかくらいのショートカットだ。

中学生はパーマをかけられないので、パーマいらずの知世カットに人気が出たのだろう。もちろんわたしも原田知世のヘアスタイルに憧れた。そして憧れつつも、美容院に行って、

「原田知世みたいに切ってください」

などとは決していえないタイプだった。その顔で知世カット？　美容師さんたちに影で笑われるかもしれないと思うと、絶対に口には出せなかった。

しかし、そこは年頃の女の子。髪型だけでも知世風にすれば少しはかわいくなるかも、という淡い期待は捨てきれなかった。

よし、知世カット、やっぱしよう!!

意を決していつもの美容院に行くわたし。しかし、「どんなふうにしますか？」などと聞かれると、すぐに元気がなくなってしまった。

「えーっと、ちょっと短めにお願いします……」

まずは短くしたいことを告げる。

「耳はどうします？　出します？」

という美容師さんの質問に、間髪いれずに答える。

「あ、見えるか、見えないかくらいでお願いします」

わたしは思う。ここらへんまで来たら、わたしが知世カットにしたいことを察してよ!!　しかし、美容院のお姉さんはカンが鈍く、さらに質問をつづけてきた。

「段はいれる？」

知世カットの魅力はかなり激しい段カットである。段入れずして、知世になれるわけがない。

「あっ、段、たくさん入れてください」

なんとか注文し、カットが終了。結果は、どうみたって普通の段カットである。というか、知世は段カットなのだから、当たり前だ。自分の顔を考慮すれば、所詮、知世カットなどただの段カットになるのだ。いつもより切りすぎてしまった自分の髪を見ながら、そう思ったわたし。

そんなわたしに向かって、鏡越しに美容師さんはこういった。

「なんか原田知世みたいよー」

なわけないっっつーの!!

中2
お弁当箱はかわいく
お弁当箱コーナー
これかわいー
ほんと
フォークとおそろいで買っちゃおーっと
かわいー
ただいまー
学校帰りにあんまりウロウロしちゃダメじゃない!!
べつにウロウロしてないって!!お弁当箱買いに行ってたの!!
明日からこれ、あたしのお弁当箱
ったくもー最近お母さんうるさいよ
翌朝
ねーちょっと…
ん?、

こんな小さいお弁当で足りるの？小さすぎない？
別に……
でも…
も――
大きいのはダサイのそれで足りるって!!
はい
バナナ持っていく？
いらないって
あたしがいいっていってんだからいいのに…も――!!
ハー
昼
かわいー
お弁当箱買ったの？
かわいー
うん、昨日ミキちゃんと
ねー
谷岡さんデカ弁だよ
クスクス
クス
でやー
その時センパイがさー
谷岡さんも小さくてかわいいのにすれば笑われないのに……
6時間目にはお腹へってるんだけどねー
グー

# 休み時間のアメ

食べ盛りの子供が朝食を七時に済ませた後、昼までなんも食べられないなんて今から思えば気の毒だと思う。中学時代は、とにかくいつでもお腹が減っていた。高校時代も同じように腹ぺこなんだけど、早弁とか、学食でパンを買って食べるとかできたのでまだマシだった。

それに引きかえ、中学生の頃は羞恥心《しゅうちしん》が強くて早弁なんてとんでもなかった。わたしだけでなく、女の子で早弁をしているのはヤンキーくらいだった。この時ほど女ヤンキー、もしくは男子に憧れた時期はなかったかもしれない。女ヤンキーは特別な人たちだけど、男子は真面目タイプでも早弁をしていい雰囲気だった。真面目なくせに早弁なんて十年早いよ。わたしはぐーぐー鳴る自分のお腹を、ノートをめくる音とか咳《せき》でごまかしながらムカついていたもんだ。

しかし、そんなわたしたちにも救いの手はあった。アメである。

かわいいミニポーチにアメを詰めてきて、休憩時間になるとみんなで交換しあってよく食べた。人気だったのは「いちごみるく」というアメ。外側のアメを嚙《か》むと、中から甘いシャリッとした部分が現れる。今、思い出してもよだれがでてきそう。それから不二家の「ミルキー」。キャラメルタイプは空腹時にちょうどいい代物だった。しかし同じ不二家でも棒付きの「ポップキャンディ」は目立つのでダメだ。目立つことをするとヤンキーに目をつけられて、危険なのである。もちろん「チュッパチャップス」も棒付きなのでバツ。アメはアメでも、棒の付いていない、おとなしいタイプでないといけなかった。

さて話はちょっと変わるが、なんとなくその場の空気に馴染《なじ》めない人はどんな時代にもいるものだ。中学校にもそういう子は必ずいる。わたしのような馴染める人間からすると「なんで馴染めないんだろう」と不思議だったけど、実はいろんな人がいて本当は当たり前なのである。しかし子供はアホなので、そういう子にあからさまに冷たいものだ。

馴染めない派だったひとりのある女の子。彼女はそんな自分を克服しようといつも必死だった。ときには学校にタロットカードを持ってきて馴染もうとしていたが、気味悪がられてさらに交流できなかった。しかし学校に大量のアメを持ってくる戦術にしてから、ちょっとみんなに馴染んでいた。

「これあげる」

休み時間に各グループを回り、彼女はアメを配りまくっていた。新発売のアメは必ず彼女が一番に持ってきていたので、なんとなく「ありがとう」とみんなもらっていた。だけどその子はいつもあげるばかりで、もらうことがほとんどなかった。かわいそうだなとみんな思っていたが、そんな簡単な問題じゃないんだよな、とも感じていたのであった。

中学校内の流行
ファッション編①
体操服
ゼッケンの名前は
極小
体操服②
袖は2回折る
すそは折ってスリムに
カラー軍手を縫って
ポケット
制服
名札は胸でなく
ポケットにつける
制服・進化形
エリを無理やり
チャイナ風
制服・進化形②
折り返す
前は
開ける

ヘアスタイル
無理やり二つ結び
ヘアスタイル②
色ゴムで結ぶ
ヘアスタイル③
ぼんぼり
ヘアスタイル④
ぼんぼり付き噴水結び
ヘアスタイル⑤
固めてたたせる
ヘアスタイル⑥
後ろはのばす
ヘアスタイル⑦
極細二つ結び
ヘアスタイル⑧（ヤンキー）
ビール脱色

# なめネコと池中玄太

昔、大流行した「なめネコ」。はっきりいって動物虐待である。あれで死んだ子ネコがたくさんいるって本当なんだろうか。たぶん本当のような気がする。

だけど、その虐待なめネコを支持していたのは、間違いなくわたしたちだった。

初めて見た時、なんの迷いもなく「かわいいなー」と思った。ネコっつーところもかわいいし、もちろんヤンキーファッションであることにもしびれた。

なんであの時、「かわいそう」という感情が全然なかったんだろう。というか、ネコもかわいくしてもらえてうれしいはず、とまで思っていたほどだ。物事を片側からしか見れないとは恐ろしいもんである。

「物事を片側から見る」でいうと、テレビに出ているタレントに対してもそうである。役柄をそのままその人の性格だと信じてしまう。

「池中玄太80キロ」という西田敏行のドラマが流行っていた頃のことだ。

わたしたちは、池中玄太と西田敏行の区別がまったくついていなかった。

妻を亡くした池中玄太は、妻の連れ子である三人の娘をひとりで育てている。実の父ではないのに、実の父以上に娘たちを愛する玄太。わたしたちはドラマということも忘れて、自分の父親と玄太を比べては「情熱が足りない」などと思ったもんである。

はじめのうちは、玄太のようなお父さんだったら幸せだなぁと思っていた。いつも真正面からぶつかってきてくれる優しさ、誠実さ。しかし、やがてその優しさや誠実さに惑わされて「池中玄太みたいな人と結婚したい」と血迷いはじめ、やがて「好きな芸能人は西田敏行」となっていった。事実、クラスメートの中には「わたし、近藤真彦と西田敏行が好き」などと、決して一緒に並べてはいけない男ふたりを、同じステージに立たせてしまう勘違いがいた。当然、わたしも同じである。これと同じパターンに「シブがき隊のモックンと、中条きよしが好き」などがある。必殺仕事人にしびれたせいでそうなったんだと思うが、アイドルと一緒にしていいタイプの人ではないはずだ。

とはいうものの、こうして女は徐々に世渡り術を学んできたともいえる。

「顔とか年齢なんかより、わたしはその人の性格を重視しているの」

中学生あたりで、女の子はめきめきと女を発揮しはじめるのだ。

それに引きかえ男の子たちといったら……。いつまでたっても同じパターンのアイドルしか好きではなかった。伊藤つかさの八重歯ばっかに見惚れていて、ちっともわたしたちのところまで上がってこないから、本当につまらなかったのである。

中学校内の流行
ファッション編②
こうゆうブラシ
愛称
ガイコツブラシ
チャコールグレーのパンスト
リボン付きカチューシャ
の、穴が開いたところにサンリオキャラクターのバンドエイドを貼る
レンズなしだてメガネ
赤など
こうゆうブラシ
のびる手袋の指先カットされてるやつ

超ハイウエスト
カラーサスペンダー
クリップをハート型にする
スカートの下にジャージ
それを制服のポケットに付ける
キルティングバック（手作り）
こっちが上のハートは彼氏募集中
手紙をシャツ型に折る
クマ型のお弁当箱（耳の部分が洗いにくいと親が文句）

# ブルマに対する疑問

ブルマってどうなの？

わたしは今でもブルマに対して疑問を持っている。

あれはどう見たって黒いパンツだ。公衆の面前でパンツ姿にさせられている女の子の気持ちはちゃんと考慮されているんだろうか。

女子の体操服にブルマが導入されたのは、わたしが小学校二年生くらいの時だった。それまでは男子と同じ白い短パンだったのだが、ある日突然異変が起こった。体操服に着替えた一人の女の子が黒パンツになっていたのだ。

「うわーパンツ、パンツー!!」

はやしたてる男の子たち。当たり前である。だってパンツなんだもん。

クラスで一番にブルマをはいてきた子のお母さんは、きっとオシャレな人だったのだろう。

しかし子供は災難である。お母さんに持たされた新しい体操服はどう見ても黒パンツ。男子はもちろんのこと、女子にさえ笑われ、泣いていたっけ。

「これは新しい体操服でブルマといいます」

先生がフォローしたところで、変なもんは変なのである。わたしは絶対にあんなの、はきたくないと思ったものだ。

しかし、ブルマはその後急速に勢力を増す。女子全員がブルマに変更するのにそう時間はかからなかった。

みんなブルマだし、わたしも……。そんな感じで受け入れられてしまったブルマだが、あんなもんはやっぱり許すべきではなかったのだ。第一、ブルマからよくパンツがはみだした。小学生ならまだしも、中学生はもう大人のカラダである。体育の授業でパンツがはみだしていてはずかしくないわけがない。

「はみパンしてへん？」

などと、友達同士で下半身を見つめあい、チェックしたもんである。

思うにあれは、男たちの陰謀だったのではないだろうか。わたしにはそうとしか考えられない。

中学でヤンキーと呼ばれていた女の子たちは、決してブルマなんかにならなかった。真夏でも長いジャージを着用し、ダサい恰好はしっかりと拒否していた。わたしはその点では彼女たちの精神はまっとうだったと思う。いくら校則とはいえ、生理もはじまっている女の子がパンツ姿でウロウロしていいわけがないのである。

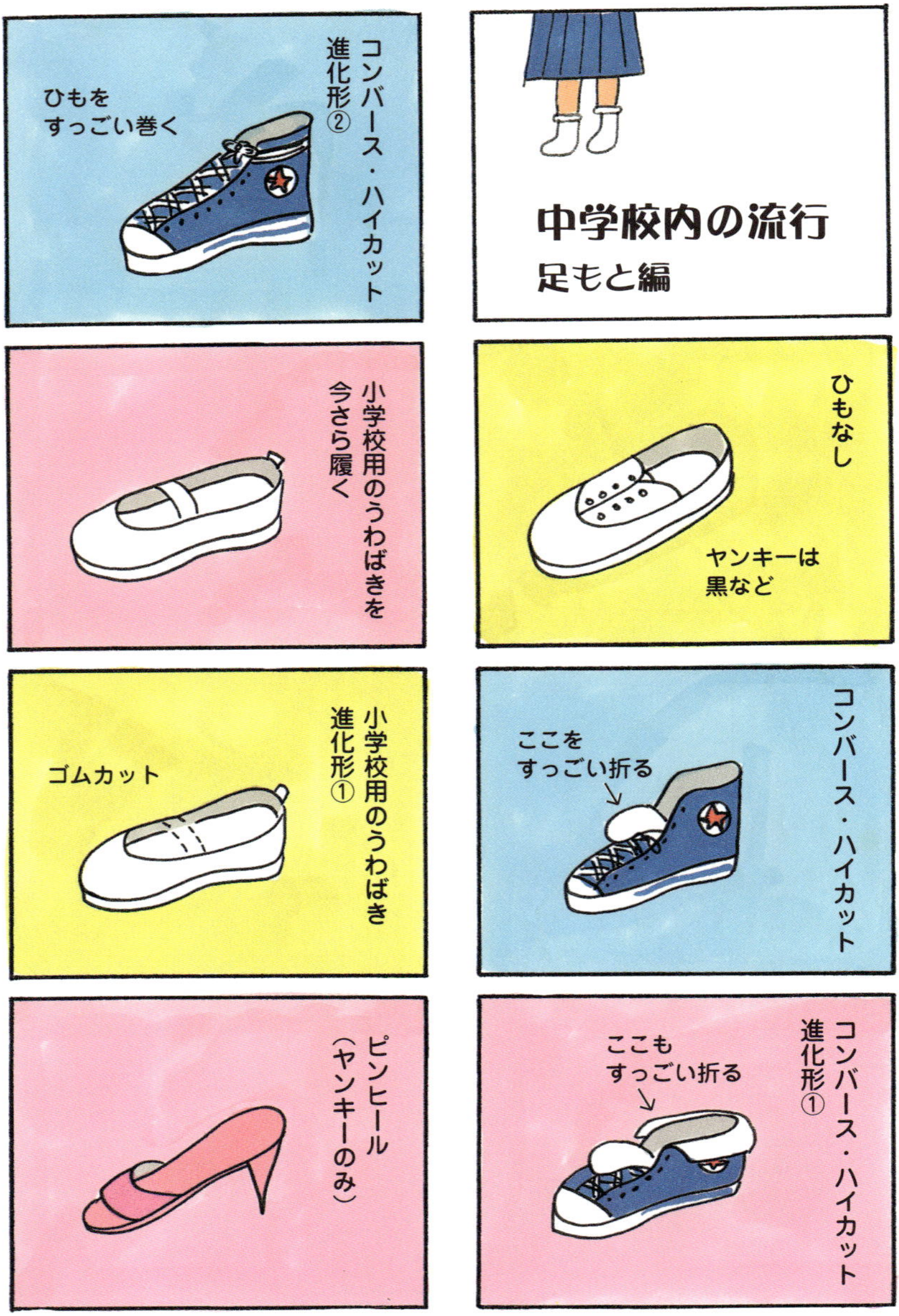
中学校内の流行
足もと編
ひもなし
ヤンキーは黒など
コンバース・ハイカット
ここをすっごい折る
コンバース・ハイカット進化形①
ここもすっごい折る
コンバース・ハイカット進化形②
ひもをすっごい巻く
小学校用のうわばきを今さら履く
小学校用のうわばき進化形①
ゴムカット
ピンヒール（ヤンキーのみ）

輪ゴム
くつ下が
ずれないように
輪ゴム
輪ゴムを
隠すため
少し丸める
ソックタッチ登場
輪ゴム時代終わる
ぼんぼり
アキレスけんに
毛糸のぼんぼり
ドーナツ型
ハイソックスを
下まで丸める
レース
レース＋ぼんぼり
レース＋ぼんぼり
＋水玉
さらにピンヒールで
ヤンキー仕様

# 不良のスタイル

不良天国。

わたしの通っていた中学はそう呼んでもいいほど、荒れに荒れまくっていた。

当時「積木くずし」という強烈な不良ドラマが流行っていたが、それになんの違和感も感じなかったくらいである。

主人公の女の子（高部知子）のスカートは殿様のように長く、メイクは原色、ヘアスタイルはコントの爆発後。制作者もできるだけ派手なのを考えたのだろう。

しかし、

「こんなん、うちの中学にもおるって」

わたしはそう思わずにはいられなかった。

そんなわが中学の不良グループの中に、多田君はいた。

多田君とは一度も同じクラスになることはなかったのだが、彼はなんとなく気になる不良だった。顔がよかったのだ。見ているだけでお得な気分になるくらい、整った顔をしていた。

多田君はファッションもカッコイイ系の不良だった。

当時、不良ファッションは大きくふたつのグループに分けることができた。

ひとつは多田君タイプ。「カッコイイ系」である。

髪型はリーゼントで、まゆ細め。制服の胸ポケットにクシをさし、靴は光沢のある皮の黒（先はとがっていた）。長ラン、もしくは短ランの襟元《えりもと》には赤いタートルが差し色だ。持ち物は彼女が作ったキンチャク袋、もしくは手ぶらである。

そして、もうひとつの不良のスタイル。それが「恐ろしい系」だ。

まずヘアスタイル。すっごい剃《そ》り込み、もしくはスキンヘッド。当然まゆ毛はない状態だ。靴は履かず、草履《ぞうり》、もしくは彼女のツッカケでやって来る。どこで買ったのか知らないが、ラメのカーディガン（なぜか膝くらいまである）を着て、首もとには金色のネックレス。カバンはブランドのセカンドバック、もしくは紙袋である。

わたしは、多田君が「恐ろしい系」のファッションを選ばなかったことに感謝したい気持ちでいっぱいだった。

「多田君、なんてカッコイイんだろう……」

わたしは、授業中に廊下を自転車で走り回る彼の横顔を、そっと盗み見しては満足していたのであった。

中3
体育祭
だるいよね 体育祭
でも 内申書に つくんでしょ こうゆうのも
だよねー
内申書、内申書って なんでこんなに 気にしなくちゃなんないの!! 自由になりたいよ!!
もーー
くる
ねーねー はちまきって どうやって巻く?
ん?

①基本形
②前髪で隠し形
でも チラッと見える
③ブリッコ形
④首にかける形

去年までは先輩がいたし
バリエーションつけられなかったしねー
3年生怖かったもんね
今年は自由でいいよねー
自由かー
高校生になったらもっと自由なんだよなー
うんうん
なるべく自由な高校に行くためにがんばってるって感じだよなー
中学生って……
中村雅俊みたいな先生いるかなー
私服がいいなー
前髪隠し形
ハッ
おいっ遅いぞ!!
ハーイ
内申書、内申書

# 花の応援団

体育祭には応援団がつきものである。というか、応援団がメインという感じすらあった。応援団はヤンキー、またはスポーツができる人気者がやるものと決まっていたので、わたしのような普通の生徒にはあまり関係のない代物だった。

普段は授業のほとんどに参加していないヤンキーたちが、なんで応援団をやりたがるかというと、たぶん、いや、絶対にファッションのせいだ。

ここぞとばかりにド派手なヤンキールックで堂々と校内を闊歩《かっぽ》できるのだ。彼らがやらないわけがない。

うちの中学は普段から校則にも寛容だったので、応援団の衣装なんか野放し状態だった。体育祭当日に向けて、どれだけ迫力のあるヤンキールックを完成させるかが、応援団の手腕でもあった。

応援団はヤンキーやスポーツマンのものと書きはしたが、やはりそういう人たちだけでは人数が足りない。じゃんけんに負けたごく普通の生徒、もしくは血迷って立候補する地味な生徒も応援団の一員となっている。体育祭当日は、その普段はクソ真面目な生徒でさえ、応援団という笠《かさ》の下でにわかヤンキーに早変わり。そして、そんな自分の姿に酔って、いつもより歩き方も大胆になっていた。

各組の応援団長はヤンキーの中でもかなり荒れている奴、ということになっていたから、まゆ毛がなかったり、ヒゲがあったり、と強面《こわもて》だ。わたしはそんな彼らの出番である「応援対決」が待ち遠しくてならなかった。

体育祭といえば親もたくさんやってくる。その親たちが、あの、おっそろしいヤンキールックを見たらさぞかし驚くだろう。あからさまに嫌な顔をする人もいるかもしれない。わたしはそれが自慢でもあったのだ。

受験とか内申書とか、中学生は何かと大変である。大変だけど「高校生になれば楽しい毎日が待っている」と大人たちがいうので、我慢しているのである。

しかしだ。そんなことに我慢していないヤンキーたちのことも見てほしかった。

「ほらね、大人のいうこと聞く子ばっかじゃないんだよ」

と、応援団のヤンキーを通じて大人たちに知ってもらいたかったのである。

しかし実際はどうだったかというと、派手なヤンキー応援団は親たちにとてもウケていた。怖ければ怖いファッションほど、手をたたいて喜んでいる人までいる。違うよ、違うってば!!

わたしは話の通じない大人たちにつくづく嫌気がさしていたのであった。

中3
ユーウツな受験勉強
も〜〜〜
受験なんて
なんであるわけ？
数学なんて
割り算までできれば
もういいじゃん!!
カズちゃんはいいよなー
ランク落として
私立専願だもん
金持ちは
いいよなー
母
公立にさえ
行ってくれれば…
あーあー
うちが金持ちだったら
勉強なんてしないで
適当な私立見つけて
さー
ハー
だいたい、あたしが
勉強できないのは
親のせいだよ
そーそー
父
勉強なんか
できんでいい

んなことばっかいってるから娘がアホになってんだよ!!
ドン ドン
カガミでも見よ
金がないなら勉強できる子に育てろっつーの!!
っ たく
げー ニキビ
貧富の差かー
世の中って不公平だよ
つぶそっ
ハー
もー何もかもヤダ〜〜〜
ハー

## そんなのあり!?

「私立に行かすお金はないからね」といいつつも、併願受験をさせてくれたウチの親。ありがたいことである。

さて、併願する私立高校はかなりの低レベルなので、すっかり気楽に構えていたわたしだったのだが、ある日を境に急にドキドキしはじめた。

「ある日」というのは、受験の少し前に行われた「受験の心得」という集会である。集会は校長先生による話が中心だった。そしてそれは、アホ高校を受験するわたしに不安の種を運んできた。校長先生の話はこうだ。

なんでも、私立高校の受験で高得点をとったのに、結果は不合格だった男子生徒が過去にいたそうだ。なぜ高得点にもかかわらず、その男子生徒は不合格だったのか。受験会場に行く途中でタバコを吸っていたのを、高校の先生に見られたからだそうだ。

また、同じように高得点だったのに不合格だった女子生徒もいたらしい。それは、受験に向かう電車の中で乱暴な言葉遣《づか》いをしていたのが理由らしい。これも偶然、私立高校の先生が目撃し、彼女を不合格にしたのだという。

タバコの男子は不合格でも仕方がないだろうが、言葉遣いで落とされた女の子はかなり気の毒だ。ってゆーか、話が大げさになっているような気がしないでもない。

その時の集会は、校長のこんなセリフで幕を閉じた。

「受験に行く途中と、帰る途中も試験中なのです」

わたしらずーっと見張られてんの!?

生徒たちに緊張感を持たせるための演出だったのかもしれないが、緊張感を通り越してみんなビビっている。

そして試験当日はやってきた。

入学試験は、うちの中学の方針で、同じ高校を受験する子がまとまって一緒に行くことになっていた。中学の最寄りの駅には担当の先生が待機していて点呼をする。わたしが受ける私立高校の生徒は二十人近くいたように思う。集合時間に全員集まり、先生に見送られて電車に乗り込むわたしたち一行。

「受験に行く途中と、帰る途中も試験中なのです」

集会での校長のセリフが頭の中を駆けめぐる。もはや誰一人、口をきく者はなかった。受験する高校の先生がどこで見ているかわからないからだ。ずーっと無言の集団中学生……。今から思うと、こっちのほうが危険な子供って感じがするのである。

中3
卒業式
行ってきまーす
気をつけてねー
今日は卒業式
やっぱり少しは
キンチョーする
オハヨ
別々の高校に行くのが
淋しい友達もいるけど
アハハ
離れてホッとする人もいる
ハーア
先生、張りきりすぎだっつーの!!
卒業おめでとう
中学を卒業後にそれぞれの道…
あーーあ

やっと卒業だよ。
中学なんて最悪!!
内申書ばっか
気にしてさー
先輩は怖いし、
ヤンキーも怖いし、
校則はきびしいし、
受験はあるし…
なんの
未練も
ない
ないない
青春といえば
やっぱ高校だよー
青春!!
なに
泣いてんの、
バッカ
じゃない!
ミルキー
食べる?
うん
中学の卒業式で
食べたミルキーの味は
忘れないでおこう
旅立ちの
味だね

# しんどい中学生

中学の卒業式は雨だった。

朝からずーっと降っていて、家に帰るまで降りつづいていた冷たい雨。それでもわたしの心は晴れ晴れしていた。やっと卒業できるからだ。わたしは中学校が大嫌いだった。受験、内申書、先輩、ヤンキー。みんな怖くてうっとうしかった。クラブばかりで自由な時間もない。そしてそのクラブは、ただ内申書に有利だと聞かされていたから嫌々やっていたのだ。

わたしは小学生の頃から二十代の後半くらいまで日記をつけていたのだけど、中学時代の日記帳はぐーんと冊数が多い。書いても書いても書き切れない、苦しくて不安な気持ちがあったからだろうと思う。だからといってわたしが多感すぎる女の子だったかというと、そんなこともない。普通に友達とも遊んだし、いたずらしたり恋をしたり、楽しいこともたくさんあったのだ。そんな楽しい日々を差し引いてもおつりがくるくらい、やはり中学生には身動きができない辛さがあった。わたしみたいに世渡りの上手な子供でこうなのだから、それができなかった子供たちはどれだけしんどかっただろう。

中学生に比べれば、大人なんて楽なもんだと心からそう思うのである。

# 3

# 高校編

藤谷美和子（学園ドラマ）みたいな高校生になりたいと思ってる
サンリオのバンドエイドなど
サンリオのティッシュなど
・なめねこの文房具
・サンリオのソーイングセット
・教科書は毎日持って帰る
リックタッチ

高1
授業中の手紙
白井さんから
Dear ミリ ♡♡♡
ミリ げんき?
あーーん ねむい〜〜!!
次の休み パン買いに行こ
ゆうちゃんも行くって!!
休み時間にパンかーなんか高校生ってかんじー
Dear ユキちゃん
あたしも ねむいよーん
パン買う!!
やっぱ マヨネーズパン
でも コーンパンも
ユキちゃんに回して
OK
むっちゃんから
授業中にいっぱい手紙が回ってくるのってなんかすっごいうれしいよなー

Dear ミリ!!
大発見!!
中田くんの カバン見て!!
「あみ」だよ〜〜ん
すっご!! ヘン!
by ゆう
ほんとだ 網みたい
また むっちゃん から
漁師!!
クッ クッ クッ
漁師だって アハハハハハ
アハハハハ ヤバイ とまんない!!
ヒー ヒー ヒー

# 授業中の大河小説

「四人家族の食卓」大公出版。

もちろんこんな本が出版された形跡はない。これはわたしが高校二年のときに、友達数人と授業中に回覧しあって書いた小説である。なんていうと文学少女っぽいが、とんでもない。ただ授業についていけないアホ女たちが、退屈しのぎに始めた遊びである。

さて、この遊びは簡単だ。一冊の大学ノートを仲良しの女友達に回覧し、少しずつ物語を書き足していくだけである。なぜかそのノートは、現在わたしの手元に残っている。それにしても大公出版ってなんだろう……。

物語を書くにあたり「注意事項」があった。ノートを開いた最初のページに記されている。

注）主人公を殺さないこと

パラパラと読んでみたところ、その掟《おきて》はなんとか守られていた。しかし恐ろしいことに、主人公の周辺の人間はことごとく殺されまくっている。主人公は夏子という有名私立高校に通う十七歳だが、初っぱなから母が殺され、つづいて弟、まり子さん、徳田刑事、桑田君、たまきさんが殺されている。その人たちが誰かはよく把握できないが、新たに登場してきた人は必ず競いあうように次の作者に殺されている。一応推理小説のようだが、後半になるとハレー水星が地球に衝突するので全人類が宇宙に脱出する、というSF仕様になっていた。ちなみに、アジア民族は月に脱出することになっていたのに、主人公の夏子はあわてていて木星に逃げている。だから木星に行ったのは日本人では夏子ただひとりらしい。って、そんなわけねーだろ!!

さらに木星では日本人は珍しがられ、「夏子は歌手になり、金がわんさか入る」などと書かれている。努力しないで得したいという当時の自分たちの思いが、ここにまざまざと見てとれる。その後も夏子の周りの人間は殺されつづけ、宇宙規模でどえらいことが起こっているが、なぜかこの物語の最後にはこう書かれてあった。

「春の風が木下家の居間に入りこんできた。四つの椅子《いす》が全部うまり、やっと木下家は平和になった。あっはっはっはっは」

ってゆーか、家族の大半が殺されているはずなのになんで笑ってるわけ!? 丸文字が激しいため全部読み返す気力はなかったが、とにかくハッピーエンドで物語は終わっている。

改めてくだらないと思う。それでも当時、わたしはこのノートが回ってくるのが楽しみでならなかった。みんなも同じだったようで、そのために辞書を持ってきた子もいたほどだ。普段はカンニングばっかしていたわたしたちだが、小説家気取りで結構まじめに書いていたのである。

高1
はじめてのパーマ
①
明日から高校生になってはじめての夏休み
ヘアカタログ
みんなパーマかけるっていってたなー
ヘアカタログ
いい髪型の人切りぬきしとこーっと
ヘアカタログ
でも見本の人とわたしじゃ顔が違うんだけどねー
ドキ ドキ
むっちゃんの紹介だけど、はじめての美容院キンチョーする
いらっしゃいませー ご予約のマスダ様ですか? 今日はどうします?
あ、あのパーマで……

はじめまして
リョウでーす
パーマはじめて？
どんな感じに
しよっか？
な、なんか
持ってきた見本の
写真出しにくい……
リョウって……
よ、横は流すかんじで
前髪はこのままで
あんまり強くなく…
オッケー
オッケーって……
ほんとにこの人
わかってんの？
エーーッ
こんな巻き方で
髪の毛、横に
流れんの〜〜
ドキドキ
シャンプー後
コンブだよ、コンブ
これじゃあコンブ〜〜
もじゃもじゃ

高1
はじめてのパーマ②
今、ちょっと不安でしょ クルクルしてて…
は、はあ…
大丈夫!! ブローするとかわいくなるからね
ほら、ね かわいいでしょ
…………
流れすぎだよ、ちょっと
なんかさー ぜったい違うよ!!
ちがうって
早く家帰って ゆっくりカガミ見たい
ただいまー
ちょっとー アンタ、なに パーマあてたの?

学校のみんなかけてるし、
軽めだったら
先生もいいって（ウソ）
自然なかんじで
いいでしょ？
ぜんっぜん自然じゃ
ないっつーの!!
でもここでお母さんに
弱みを見せたら
高校生のくせに
パーマなんか
あてるからでしょ
も〜〜〜
っていわれて
しゃくにさわる
だけだっつーの!!
ほら、ね
かわいいでしょ
それにしても、
男の人に
「かわいい」って
いわれたの、はじめてかも。
お客だからって
わかってるけどさー
キャッ
なんかすっごい
うれしかった。
あの人、リョウって
いったっけ……
彼女とかいるのかなー

高1
お父さんなんて
あっ、今、お父さん
鼻クソほじった
ごはん中なのにー
きもちわるー
信じらんないっ
お父さんって
なんか
きたない
ってゆーか
なんで
野球ばっかり
見てるわけ？
んなもん
わたしたちは
見たくないっ
つーの！
どっちが
勝っても
関係ない
じゃん!!
あっ、今
口からごはん粒
飛ばしたー

もー
きーたーなー
あっ
飛ばしたやつ
食べた!!
きー
たー
なー
もっとさー
ドラマに出てくる
みたいなお父さんが
いいよ、も〜〜
なんで今日子は
腹立たないわけ？
ったくガキは
これだからなー
えっ
今の音って……
おなら？
最悪!!
も〜〜〜〜〜
お父さん
ムカツク!!
ってゆーか、
なんであたし、
お父さんばっか見て
ごはん食べてる
わけ？

# ムカつく理由《わけ》

男性の知り合いに娘さんが誕生すると、わたしはちょっと意地悪な笑いをしてしまう。

年頃になったら嫌われるぞー。

女の子はずいぶんと長いあいだ、お父さんを嫌いだ。わたしは小学校六年くらいから、ＯＬになる頃までムカついていた。

今は離れて暮しているのでそうでもないが、一緒に暮していたら、三十四歳になった今もなんだかんだとムカムカしていたに違いない。

うちの父は、いってることと行動が時々ともなっていない。子供はこういう矛盾が大嫌いだ。子供は心がせまーい生き物なのだ。

父の矛盾で覚えていることを書いてみよう。

あれはわたしが高校一年の時だ。父が会社帰りにあるものを買って帰ってきた。そして、中一だった妹を呼びつけた。

「お前には根気がない。なんでも最後までやりとげられるようにならんとアカン」

父はなかなかの演説を始め、わたしはその様子をじーっと観察していた。父は妹に一万ピースという気の遠くなるようなジグソーパズルを買ってきて、「これを仕上げてみろ」などといっている。

うわー、面倒くさー。内心そう思ったわたし。しかし、それは妹に降りかかった災難だ。無視しておくに限る。

「ワシも手伝ってやるから、一緒に仕上げよう」

父は、どうやら飽きっぽい妹の性格を変えようとしているようだった。

こうして父と妹はこたつの上でパズルに励みはじめた。最初は二時間くらいやっていたんじゃないだろうか。しかし、たぶんその光景は三回と見ることはなかった。妹はもとより、すっかり父が飽きてしまったのだ。

妹が飽きっぽいのは父の性格にも関係があるんじゃないわけ？

一万ピースのオランダの風車の写真はほんの一角だけが姿を現し、残りの八〇パーセントは箱に入ったままであった。そしてそのジグソーパズルは一年間くらいそのままたんすの上に置かれていたが、母の、

「お父さん、これもう捨ててええの？」

という一言で消えていった。わたしは父につっこんでみたい気もしたが、彼の威厳のために遠慮しておいたのであった。

高1
憧れの先輩の家へ ①
ある放課後
キンチョーするー
あーん
わかるー
先輩の家行くのドキドキするねー
ねー
ここだ
平田
お、押すよ
キャーッ
ドキ ドキ ドキ ドキ ドキ
あっ こんにちはー どうぞー
おじゃまします……

二階のぼくの部屋でいい？
ハイ
やっぱ先輩ってかっこいい!!
ポッ
せまくてゴメンね
なんでぼくのこと知ってたわけ？
先輩、学校で有名ですから…
体育祭の応援団長かっこよかったです
ハイ
大ファンなんですわたしたち
ずっと見てました
キャッ
えー、そうなの？気づかなくてゴメンねでも突然電話とかもらってびっくりしたよ
突然電話して「今から遊びに行っていいですか」っていったら即OKするアンタにもびっくりしちゃったよー

高1
憧れの先輩の家へ
②
コーヒーとか飲めるよね？ちょっと待ってて
すいませ～ん
さてと。
わーい先輩のまくら!!
ドスッ
あーずるー
あたしもー
キャッ
ジャーン先輩のライターあたしがもーらい
あたしもなんか欲しい!!
ガッ
ちょっと物とるのはやめなよバレるよ!!

ねー、じゃあ
落ちてる髪の毛
とかは？
じーっ
ティッシュ？
ねーねー
うちのお兄ちゃんは
ベッドの下にエロ本
かくしてるけど…
アーにに
ヒーヒー
グフフ
ヒーヒー
ヒーヒー
アーにに
めくるよー
ドキドキドキ
ドキ
おそくなってゴメンねー
いーえ

高1
カンニングペーパー
勉強した？
ぜんぜん
あたしも
カンニング用紙作ったんだ
わっ写させて！
あたしもカンニング用紙作ったんだ
ゴムがついてて袖から出し入れできるんだ
ビョーン
ゴム
テレビ見すぎ!!
キャハハ
アハハハ
だってー
ナツミね、ゴム付きのカンニング用紙なんだよー
あたしも作ってきたんだけどね
ヒソヒソ

小さい紙は逆に目立つの。だからね、問題用紙と同じわらばん紙をカンニング用紙にする方が目立たないよ
問題用紙
なるほど問題用紙って数が多いから一枚増えてもわかんない
パチパチパチ
スゴーイ
テスト開始
あっ!! 問題用紙がいつものわらばん紙じゃなくて白い紙に変わってる!!
バッ バッ
くる
チラッ
アホー
くくく
くくく

# 楽しい「王将」

連日一夜漬《づ》けだった試験期間がようやく終わると、わたしたちはがぜん元気になった。わたしたち、というのはわたしを含む女の子五人。中学からの仲良しで、そろって出来の悪い高校に進学した仲間である。

わたしたちには試験の最終日に決まって行くところがあった。それは「餃子《ギョーザ》の王将」である。昼ご飯を必ずそこで食べ、みんなでねぎらいあうのがひとつの行事になっていたのだ。

高校から「王将」までは自転車で二十分くらい。校門を出ると、立ちこぎで「王将」に向かった。なんでそんなに急いでいるのかというと、「王将」は国道沿いにあり、昼時はトラックの運転手さんなどで混みあったからだ。ファミレス級の大型「王将」ではあったが、靴を脱いでゆっくりできる座敷席をゲットするために必死である。

なんとかお気に入りの席を確保すると、早速注文である。メニューはたいてい決まっている。ギョーザ、チャーハン、鶏の空揚げ、海老炒《いた》め、酢豚。ここらへんを二皿ずつくらい注文し、ガツガツと平らげるのだ。その間約二十分。文字どおりガッツガツである。

そして、長いのはここからだ。二十分でご飯を食べきったあと、ようやくおしゃべりタイムに突入するのである。

先生のこと、男子のこと、女子の悪口、バイトの愚痴、芸能人の噂……。話題はいつもてんこ盛りで、一時間二時間で済むはずもない。昼の十二時に入店し、三時になってもずーっとしゃべっているのは毎度のことである。

わたしたちは「王将」の客の中ではかなり浮いていた。女子高生なんてわたしたち以外いるわけもないからだ。

さて、「王将」でこんなことがあった。三時くらいになり客もほとんどひいた頃、しゃべりっぱなしのわたしたちのところに「王将」の店員さんがやって来た。

呼んでもないのにアンタなに？　ひょっとして騒がしすぎて叱られんのか？

緊張して静かになるわたしたちの前に立ちはだかる「王将」のお兄さん。するとお兄さんは後ろに隠していたお皿を差し出した。

「これ、うちの店長からです」

そこにはスイカが五切れ。厨房《ちゅうぼう》を見ると、店長らしきおじさんが照れくさそうに笑っていた。いつも楽しそうなわたしたちがかわいらしかったのだろう。

「店長、ありがとー！　ヨッ男前!!」

大声で手を振る。若さの特権を充分にわかって生きていた高校時代であった。

高1
悪知恵
あ——冬の体育って寒いしヤダー
ほんと〜
さぶー
寒いからパンストぬぐのもヤダー
でもジャージの下にパンストはいてんのバレたらグランド3周だしー
い〜
でもさーチェックしない日もあるよね
あるある
チャレンジ?
あれっパンストぬがないの?
うん寒いもん
あたしたちもはいとこうかなー
大丈夫だって

はい、じゃ今日はパンストチェックします
ゲーー
ゲー
ゲー
丸山、本田グランド3周!!
ハーイ
ハ〜イ
超ピンチ?
ヒソヒソ
ここからパンストをひきちぎる
ビリビリ
ビリ
合格

# ごめんなさい、ミスタードーナツ

ミスタードーナツでバイトをするのが流行った高校時代。「人と同じ」が大好きだったわたしは、迷わずミスタードーナツでバイトを始める。

ミスタードーナツは制服がかわいい。かわいい制服で働く女の子。そんなわたしには素敵な出会いがあるかもしんない!!

たぶん人気の理由はこのあたりだったと思う。

「バイトをしたら景品をネコババし放題」

などという噂も当時はあった。

ミスタードーナツの景品は、わたしの高校でも大流行だった。原田治のかわいいイラストのお弁当箱やお皿などが景品で、それ欲しさによく食べに行ったもんである。

景品をネコババし放題?

んなことできるわけねーだろ。わたしは信じていなかったが、それは意外に本当だった（もう十五年くらい前ですんで）。

三百円のお買い上げで一枚スクラッチカードがもらえ、出てきた点数が10点分たまると景品がもらえる。たぶんこのシステムは今でも変わっていないと思う。スクラッチカードは、点数別に箱に入って送られてきて、それをバラバラに混ぜあわせて客に配る。その中の5点のカードのみをアルバイトの女の子たちはネコババしまくっていたのだ（もう十五年くらい前ですってば！）。

もちろんネコババしない素晴らしいバイトの子もいたが、素晴らしくないわたしは5点カードをこっそりポケットにつっこみまくっていた。そしてそれを友達に渡し、景品と交換しに来させ、山分けしていたのだ。なんと薄汚れた高校時代。

それくらい魅力的な景品を作りつづけているミスタードーナツ。ネコババしたお詫びとして、ここから先はドーナツをほめようと思う。

そう、ドーナツ、うまいですよね!! バイトしたての頃は、生クリームとかチョコがかかったドーナツをよく買って食べていたが（バイトは安く買えた）、だんだんシンプルなドーナツのおいしさに気づきはじめていく。そして最終的にバイト仲間で一番人気があったドーナツは「ハニーディップ」だ。ふわふわで、ほんのり甘くて、わたしは今でもこれが一番好き。食べ盛りだった高校時代は、これを一度に三個は楽々食べていたもんね。食べたことがない人はぜひ一度どうぞ!!

ミスタードーナツの方、これでネコババしたこと許してください。

高2
先生のあだ名
英語の先生
あだ名
「アーモン」
ここがアーモンドみたいだから
国語の先生
あだ名
「おじいちゃん」
そのまんま
社会の先生
あだ名
「コアラ」
そのまんま
国語の先生
あだ名
「ダメちゃん」
ダメおやじに似てる
体育の先生
あだ名
「ダンキン」
よく
ダンキンドーナツの
Tシャツ着てるから
DUNKIN
DONUTS
体育の先生
あだ名
「ラビット」
いつも目が充血

体育の先生
あだ名
「モッコリ」
モッコリ
数学の先生
あだ名
「タイムショック」
授業中に生徒をあてる時に
えーっと
今、27秒だから27番答えて
などと秒針で指名するから
英語の先生
あだ名
「デザイアー」
中森明菜がかぶってたカツラみたいな髪型
あだ名はクラスによって違う
今日デザイアーがさー
デザイアーって誰？
ほら英語の
あーパトラね
クレオパトラらしい

## 気の毒な留学生

スージーは気の毒な留学生だった。アメリカかカナダかイギリスか……。国はすっかり忘れてしまったが、スージーはわたしの通っていた高校にやってきた。

スージーはわたしと同じクラスの林田さんの家にホームステイをしていた。なんで彼女たちが知り合いだったのかは忘れたけど、とにかく手続きは済んでいたようで、スージーは林田さんの家からわが高校に通いはじめた。一か月間という短期留学だ。

彼女がなぜ気の毒なのかというと、うちの学校がアホ高校だったからである。英会話どころか英単語もろくろく覚えていない生徒がてんこ盛りの学校で、日本語が一切わからない外国人が楽しめるはずがないではないか。

そんな中、なぜか林田さんだけは英語がペラペラだった。そんなにペラペラならもっとマシな高校に行けただろうにと思うのだが、そうしなかったところがすでに賢くないことを証明している。

さて、先にも書いたようにスージーは日本語がわからない。しかしスージーはわたしたちと同じように朝からずーっと授業に出ていた。体育や美術の時間はまだいいが、その他の授業でスージーが理解できることなどあるはずがない。英語の授業にしたってすべて日本語で進むわけだから……。

スージーはただボケーッと前を向いて座っているだけだ。先生たちもスージーをどう扱ったらいいのかわからない様子で、「できるだけ見ないようにする」という態度をきめこんでいた。

はじめのうちはわたしたち生徒もスージーが珍しいので注目していたが、次第にスージーは空気のような存在になってきた。そして空気は空気でも、結構おもたーい空気になってきたのである。別にスージーがうっとうしいというのではない。ただ毎日退屈そうに座っているだけの、異国の女の子を見ていることが辛くなってきたのである。

もちろんいくらアホ学生とはいえ、「ハロー」とか「ハウドゥユードゥ」くらいはいえる。しかし後がつづかないのである。目があうと微笑《ほほえ》みあうが、それ以上がない毎日……。わたしは思う。

「また今日も退屈そうなスージーを見なくちゃいけないのか」

やがてスージーは一か月後に母国に帰っていった。別れる時は悲しかったけど、ホッとしたのが本音でもある。スージーはいつも肌身離さずに自分のカバンを抱えていた。トイレの中までも持って入った。打ち解けることも、またわたしたちを信用することもなく帰っていったスージー。本当に気の毒だった。

高2
またまた悪知恵
スカートさー もうちょっと長くしようと思うんだけど、どお？
えっ かわいー
でもさー 最近、学校が制服屋に連絡してて 長いスカート作るの禁止にしてるらしいよー
ニヤッ
そのへんはちゃーんと考えてるって
ただいまー
おかえりー あら、寒そうね
まーね やっぱり冬にスカートってすっごい冷えるんだー これでカラダこわす女の子も多いんだって…
あら そうなの？
まー
もうちょっと長いスカートの子は寒くないいってたけど……

あら、じゃアンタももう少し長いのにすれば？お母さん買ってあげるから…
ねっ
えっいいよもったいないよ!!
カラダこわしたらどうすんの
じゃ、そうしよっかななんか悪いなー
ねっ
いいからいいから
これスカートのサイズ制服屋さんに電話してくれる？
はいはい
ちょっとミリー制服屋さんがスカートの丈《たけ》が長すぎるっていってるんだけどー
ピラーン
サー
うちの娘は身長180cmって言って!!
いいなー
かわいー!!
へへーん

# 外出許可証を盗め!!

うちの高校は、いったん校内に入ると先生の許可をもらわずには下校時間まで門の外には出られなかった。

禁止されると無性に破りたくなるのが若さ。別に外でお茶する理由などないのに、絶対に行かなければならない気持ちになった。

しかし正門、裏門にはずーっと見張りの教師が立っているので、そこから抜け出すのは無理だ。最初のうちは塀《へい》を乗り越えて脱出していたのだが、職員室から望遠鏡で顔をチェックする教師が出現し、これも不可能に。

そこで、あるすごい作戦を考えついたのだった。

正式に外出するには、外出許可証が必要だ。その外出許可証を生徒指導室から盗み出すことをひらめいたのだ。

生徒指導室とは、生徒指導のメチャ怖い教師が常に待機している、いわば鬼が島。そんなところに盗みに入ったことがバレたら、どうなることか。どんなお仕置きが待っているかしれたことではない。

しかし、わたしたちは生徒指導室に「外出許可証」をネコババしに入った。わたしたちといっても、女ふたりである。

昼休みになると校則を破って呼び出された生徒が、生徒指導室に集合してくる。わたしたちはある昼休み、なにも悪いことをしていないのに生徒指導室に入場した。その日は怒られる生徒の出入りが多く、紛れこんでも誰も気づかなかったのだ。

わたしたちは怒られる順番を待つ演技（しょんぼりする）をしつつ、外出許可証の入っている引き出しに近づいた。そして三十枚くらいを抜き取ってブレザーのお腹《なか》の部分に隠した。今思い出してもスリル満点である。

無事に外出許可証をクスねたあとは、もはや自由の身だ。

白紙の外出許可証に「風邪のため早退します」とか「忘れ物を取りに帰ります」という文字を書きこみ、教師の許可の覧には、担任教師の字体を真似てニセのサイン。偽造外出許可証の完成である。

こうして正門で監視している教師にニセの外出許可証を提出し、いつでも堂々とファミレスに行くことが可能になった。

学校近くのファミレスで一時間ほどダラダラすることになんの未来もなかったが、自由に憧れる年頃にはたまらないもんだったのである。

将来の夢
高3
10年後ってどうなってんだろうね
ねー
あたし将来メイクとかの仕事したいんだ
メイク？
雑誌のモデルのメイクとかするのが夢かも……
時々テレビで「ファッション通信」とか見たりしてるんだ
ナッチなら絶対なれるよ!!
すごーい将来について考えてんだ、ナッチ
ミリは？
うーん絵とか描く仕事がいいなーと思ってるけど……
ミリなら絶対なれるよ!!
ムリムリ美術「3」だししゃべってばっかだし…

あー どうなってんのかな 将来?
ねー
先生だって 結局は 強いもんには なんも いえないし ……
でも大人に なんのはヤダ
わかる
ねー知ってる? 浜田省吾の歌詞 なんだけどね
うん
あたし 人生で一番いいのは 17歳だと思う んだよねー
「自由に生きてく 方法なんて 100通りだってあるさ」 ってあるんだ
あたしも。 大人なんて みんな汚いよ
すっごい いい歌詞!! 今度テープ 貸して!!

# レモンさんの忠告

バイトばかりしていた高校時代。中でも一番長かったのがパン屋のバイトだ。焼き立てパンを売る小さなパン屋のレジ係。学校帰りに五時から九時までほとんど毎日働いていた。

その小さなパン屋にレモンさんは毎日現れた。レモンさんは、パン屋の近所の喫茶店で働いているお姉さんで、毎日喫茶店のおつかいで食パンを買いに来ていた。

レモンさんは彼女の名前ではない。その喫茶店が「レモン」だったのでわたしが勝手に心の中でそう呼んでいたのだ。

レモンさんは無口な人だった。毎日同じ時間にやって来て「いつものお願いします」というだけである。レモンさんは長い黒髪がよく似あう和風美人だが、どこか浮き世離れしていて洋服もなんかチグハグな感じだった。

しかしわたしはそのレモンさんの雰囲気がとても好きで、何もしゃべらなくとも彼女が来るのが楽しみだった。

そんなレモンさんが、ある日、パンを切っているわたしに話しかけてきたのである。

「進路は決まったんですか?」

レモンさんはわたしがこの春に高校三年になったことを知っていた。

「あ、まだです。でも勉強はあかんし、絵の学校くらいしかないかも」

そういってわたしが笑うと、レモンさんはちょっと困った顔になった。そしてこんなことをいう。

「わたし美大に行ってるんやけど、絵の学校行くのも勉強いるんよ」

レモンさんは喫茶店で働いてる人と思っていたが、実は美大生だったのだ。わたしはそのことにまず驚き、さらに絵の学校にも受験があることを知ってまた驚いた。

彼女はそんな無知なわたしに、絵の学校を受験するにはデッサンを習う必要があることを教えてくれた。それから間もなくして、レモンさんは喫茶店をやめたようで、それっきりになった。

わたしはレモンさんに教えてもらったとおりアトリエでデッサンや水彩などを習い、受験し、合格した。彼女がいなかったら、わたしの進路は少し変わっていたかもしれない。それはそれでいいのだが、レモンさんに教えてもらって、またよかったようにも思う。

今でもふと考えるのだが、レモンさんは、わたしが絵を描きたいことをわかっていたような気がしてならない。だからあの時、わたしの進路を聞いたのではないだろうか。

レモンさん、なんだか不思議な人だった。

卒業式
高3
お母さん
別に来なくても
いいしねー
ハイ
気をつけてね
今日は卒業式。
いつもより
念入りに
ドライヤーをする
女子は教室で
最後の身だしなみ
でねー
先生と話すのもテレくさい
山ちゃん
さみしい？
ぜんぜん
ねーねー
校長先生が
話してる時は
こんな感じで
校長のアソコ
右寄りだったよ
ヤダー
こんな感じで
帰り、
王将で
いいよね
OK

こんな感じだったり
ピース
写真へ
がんばれよー
泣くなよ山ちゃん
バイバーイ
悪い男にだまされんなよー
キャー
アーハハハ
あ、鈴木君……
バイバイ鈴木君!
アーハハハ
ただいまー
おかえりー
もーアンタ卒業式でしゃべってばっかりだったでしょ
エヘヘヘ
着がえよーっと
バイバイ

# あとがき

リカちゃんハウス、口さけ女、キャンディ・キャンディ、ホームランバー、紙石鹸《せっけん》、匂いつき消しゴム、ゲイラカイト、ヨーヨー、ドリフ、スーパーボール、太陽にほえろ、サンリオ、なめネコ、ビール脱色、角川映画、積木くずし、たのきんトリオ、ミッキーマウスのゲームつき腕時計、聖子ちゃんカット、ホットロード……。

出会わなくてもなんともないけど、出会ったことでとても盛り上がりました。ピンク・レディーもそのひとつです。ピンク・レディーのおかげで小学生のわたしは楽しいと思った瞬間が何度あったことでしょう。ありがたいことです。

物や人による思い出の他にも、女の子みんなに共通する思い出があります。はじめてブラジャーをした日の、なんともいえない淋しい感じ。生理がはじまったことでの、取り返しがつかないようなあの感覚。少しずつ大人になっている自分に怯《おび》えていた心は、いつの時代の女の子にも当てはまることだと思います。

この本はわたしの時代の思い出をもとに書きましたが、女の子共通の日記帳だと思っていただければうれしいです。

益田ミリ

# ピンク・レディー世代の女のコたちへ

二〇〇三年九月十日　第一刷発行

著者　益田ミリ
発行者　首藤知哉
発行所　株式会社いそっぷ社
〒一四六―〇〇八五
東京都大田区久が原五―五―九
電話　〇三（三七五四）八一一九

印刷・製本　株式会社シナノ


ISBN4-900963-23-2 C0095
定価はカバーに表示してあります。

# OLはえらい

益田ミリ

同僚の社内結婚、ユーウツな社員旅行、
上司の転勤……平凡ではあるけれど、
ささやかな刺激もあるOL生活。
かつて6年間のOLを経験した著者が
オールカラーで描くエッセー・コミック。

定価［本体1300円＋税］
いそっぷ社